Aventures délirantes

DU MÊME AUTEUR

Aux Éditions Blanche
Le Gourgandin, 1996.
Blue Movie, avec Patrick Raynal, 1997.
Extases anonymes, avec Hervé Amiard, 1997.
Métamorphoses, 2005.
Des guirlandes dans le sapin, 2008.
Folies de Noël, 2009.
Les Avatars de Monsieur Pierre, 2010.

Aux Éditions Albin Michel
La Brûlure de la neige, 1999.
La Gourgandine, 2002.
Vers les hommes, 2004.

Aux Éditions Ramsay
La Femme de papier, 1989.
Des camions de tendresse, 1991.
En toutes lettres, avec Remo Forlani, 1992.

Aux Éditions Spengler
La Rencontre, 1993.
Nuits d'encre, 1994.
Marcel Facteur, 1995.

Aux Éditions Mille et une nuits
Loubards magnifiques, 1996.

Aux Éditions Vauvenargues
La Peur du noir, 1998.

Aux Éditions La Musardine
L'Amour en marge, 2012.

Aux Éditions Le Cercle
Ultime retouche, 1999.
Mazarine, 2000.
Souvenirs lamentables, 2002.
Lettres à la novice, 2003.

Aux Éditions Calmann-Lévy
La Jouissance et l'extase, 2001.

Aux Éditions Librio
Sortons couverts, 1999.

Aux Éditions IPM
Le Château des femmes, 2001.

Aux Éditions Nestiveqnen
Les Chevaliers sans nom, 2001.

Aux Éditions des Traboules
La Verrue, 2004.

Aux Éditions La Rumeur libre
Chère Marielle, 2010.

ISBN : 9782846283090
Imprimé en France

Françoise Rey

◆

Aventures délirantes

nouvelles

Collection dirigée par Franck Spengler

2012
Éditions Blanche
38, rue La Condamine
Paris 17e

Pinceau
(de *penisillus* : petit pénis)

Suze avait souvent rêvé à ça, et le rêve tenait d'ailleurs du cauchemar : un jour elle s'apercevait qu'elle avait un don de télékinésie. Le mot même de « télékinésie » lui avait été révélé au hasard d'une lecture, et sa découverte l'avait partiellement soulagée. Si le terme existait, la chose existait aussi et elle se sentait moins monstrueuse, moins isolée par la récurrence de son étrange pouvoir qui, pour onirique qu'il fût, l'avait d'abord terrorisée. La nuit, elle se voyait déplacer des objets à la seule force de son regard, et du coup, l'impression était très pénible, elle n'osait plus rien fixer de peur de voir les meubles valser et la vaisselle s'envoler, alors le plus compliqué du rêve consistait à rendre son coup d'œil léger, aérien, vague, et à éviter surtout de l'appesantir sur quoi que ce soit susceptible de décoller et de vadrouiller dans l'air sans qu'elle puisse rien faire pour arrêter l'infernal ballet.

Peut-être qu'elle travaillait trop à l'atelier. Peut-être qu'à force de contempler, étudier, analyser, mesurer la pose de son modèle, l'angle de ses cuisses, les plis de son ventre, le mouvement de la moindre de ses phalanges, l'inclinaison de sa nuque, le froncement de son sourcil, elle avait fini par développer une sorte de ras-le-bol inconscient, une overdose d'observation, une tendinite de la concentration, et son esprit exténué se vengeait la nuit, et vengeait en même temps le pauvre modèle avec qui elle savait être si exigeante, si catégorique et péremptoire : « Ne bouge pas, pas d'un poil, ne respire pas, pas plus qu'il ne faut, fais le mort, le mort absolu, enfin, quoi, la statue, sinon, c'est foutu ! Depuis le début des séances, tu as déjà changé au moins dix fois d'attitude, d'expression, ça devient impossible de bosser avec toi, tu sais ! »

Le type soupirait mais reprenait la pose, rigide et appliqué, et Suze fermait un œil, tendait le bras, mesurait d'un pinceau vertical brandi devant elle la juste proportion du torse, de l'abdomen, revoyait le dessin du menton, bien sûr, il plongeait, ce menton, aux premières séances, il était plus fier, plus arrogant, c'était chiant de devoir composer comme ça avec les souvenirs plutôt que la réalité, mais quoi, elle n'allait pas reprendre éternellement son croquis parce que le bonhomme fatiguait, elle finirait l'œuvre et ne le redemanderait plus pour modèle, c'était clair, la perspective l'aidait à tenir le coup, de même que le passage, enfin, au bas du corps de ce nu trop mobile : à partir de la taille, peut-être que l'agité saurait davantage se tenir tranquille, une jambe, ça se commande plus facilement qu'une ride d'expression ou qu'un port de tête. Il faut dire qu'on n'était guère aidé ces temps-ci pour la concentration, avec cette expo qui se préparait et le manque de place pour entreposer les toiles prévues, voilà que l'amoncellement débordait dans la petite salle où s'évertuait Suze, une minette venait d'apporter un immense tableau qu'elle avait calé tant bien que mal derrière l'artiste, en promettant :

– Y en a pas pour longtemps, Metallic Dream partira parmi les premiers.

– Métallique quoi ?

– Dream ! Metallic Dream, c'est le nom de ma composition, j'ai travaillé avec différentes variétés de métaux, un patchwork ultra-sensoriel, six mois de boulot ! Mais ça devrait plaire, d'après Igor.

Igor avait le chic, parce qu'il aimait la chair fraîche, pour encourager toutes sortes de conneries, pourvu qu'elles émanent de ravissantes petites dindes en proie aux affres d'inspirations artistiques les plus tartignoles. Il avait déjà fait le coup avec les fameuses « Roulades de chiffons » de Coralie, 20 ans, gros seins, cervelle inversement proportionnelle, qui avait collé ensemble tous les chiffons de poussière de sa mère pour en faire « une œuvre contemporaine et dérisoire », avec « Bouts de moues » d'Alicia, jupes ras-le-bonbon et nattes de petite dévergondée, qui avait réussi à se faire offrir une expo rien que pour des photos redessinées de grimaces, avec « Chair de fente à sein » où Lilou avait collectionné des détails scabreux d'anatomies féminines écarquillées, et sans doute Suze en oubliait-elle... Aussi n'avait-elle jeté qu'un coup d'œil plus agacé que curieux sur le fameux métallique machin qui rétrécissait son champ d'action déjà mesquin et ne lui permettait plus de prendre un recul suffisant pour juger de l'ensemble de son travail en cours.

Elle fit craquer ses doigts, respira à fond trois fois et décida de se lancer dans l'ultime challenge, reproduire le plus fidèlement possible, mais avec sensibilité quand même, le bas du corps de ce quinqua ordinaire, ni beau ni laid, ni gros vraiment ni cependant svelte, un type de la vie de tous les jours, que la pose voulait assis dans un fauteuil moderne, jambes croisées largement, une de ses chevilles reposant sur la cuisse opposée, et son sexe tombait là, au bord du siège, entre les deux fémurs disjoints, un sexe banal assujetti à la pesanteur, et qui, lui au moins, n'avait pas bougé d'un millimètre depuis le première séance. Il était si rassurant, ce sexe, si apparemment arrimé et défini pour l'éternité, que Suze décida, une fois n'était pas coutume, de commencer par le plus facile, c'est-à-dire par lui. Il suffirait de repasser sur l'esquisse qu'elle en avait déjà amorcée, de souligner la forme tubulaire du pénis assoupi, de peaufiner son étranglement terminal, sorte de calice floral inversé, de noircir un peu là-dessous le dessin des couilles imperceptiblement décalées, celle du premier plan ne recouvrant pas tout à fait l'autre, dont on apercevait le débord d'un rose un peu plus affirmé, sans doute par effet d'optique, et le hérissement velu qui se détachait sur le support clair du fauteuil de cuir blanc, de styliser quelques poils, d'une pointe de soie très subtile qu'il fallait faire trembloter sur la toile pour obtenir l'aspect grenu de cette chair intime, et le tour serait joué, Suze aurait plié le truc, réalisé le portrait de cette bite tranquille dont, elle le sentait, elle aurait dû faire l'unique objet de son étude.

Et c'est là que tout son univers d'artiste bascula. Son univers d'artiste, sa vie de femme et sa raison. Parce que le rêve qui la hantait, le cauchemar, s'ancra soudain dans la réalité, au moment où, d'une dernière touche de son pinceau, elle fignolait l'arrondi des deux bourses superposées et en corrigeait la nuance délicatement incarnate. Un coup d'œil de pure convention au modèle la figea d'abord dans une douloureuse découverte : il avait bougé ! Enfin, pas lui, mais ses couilles avaient bougé. Évolué, indubitablement, la première révélait à présent bien plus la seconde, qui paraissait avoir grossi, gonflait sa joue poilue, doublait presque le volume du tandem et transformait l'ensemble du scrotum en une voluptueuse grosse prune unique, partagée d'un sillon qui répartissait très symétriquement sa pulpe gorgée à droite et à gauche. Merde !...

Suze tordit un peu la bouche, mais n'osa pas manifester sa déconvenue. D'ailleurs, que dire ? « Tu as grossi des couilles » ? Le gars n'avait pas remué du tout, pour une fois, sa main reposait toujours, un peu affectée, sur son genou ployé, et son regard lointain fixait une ligne virtuelle derrière l'épaule de la dessinatrice ainsi qu'elle le lui avait demandé dès le début de sa mise en scène. Elle soupira, abandonna la courbe ombragée de ces traîtres génitoires et, changeant de pinceau, entreprit d'éclairer un peu le bistre de la verge qui les couronnait. La nuance trouvée sur la palette, elle y alla à petites touches, il y avait peu à faire, le rouleau de chair tendre accrochait bien la lumière, juste le blanchir, à peine, ici et là, même pas blanchir, crémer plutôt, un soupçon de beige très clair, onctueux, de la pointe de la brosse, un effleurement dans le sens de la fleur, depuis son ancrage au ras du buisson pubien jusqu'à l'amorce du rétrécissement du prépuce, deux ou trois fois, un vrai travail d'orfèvre, sensuel et amoureux. « S'il savait, pensa malicieusement Suze !… S'il savait que je lui caresse l'engin avec autant d'attention ! » Elle lâcha machinalement des yeux sa tâche, leva la tête vers l'innocent… et le constat la sidéra : il bandait, sans que rien n'eût changé dans sa position ni même sur son visage, toujours apparemment indifférent et résolument absent ! Il bandait avec emphase, sa queue se dressait fièrement, décalottée, luisante, ses couilles rebondies semblaient avoir encore gonflé, il émanait de cette érection une joie, un élan dont on percevait presque la vibration, et Suze, interdite, demeura le pinceau en l'air, suffoquée, très rouge, et ne cherchant même pas à baisser les yeux, puisque le propriétaire de cette allègre panoplie ne la regardait pas et affectait de tenir la pose avec un parfait détachement.

Elle posa son pinceau d'un geste brusque qui bouscula le chevalet.

– Bon, dit-elle, j'en ai marre, c'est tout pour aujourd'hui, vous pouvez vous rhabiller.

C'était la première fois qu'elle le vouvoyait. L'usage voulait, quel que soit leur âge, qu'on tutoie les modèles, camaraderie affectée du monde artistique, fraternité d'une humanité détachée des conventions et pudeurs ordinaires, celle qui s'offrait, se donnait à voir, et celle qui étudiait, s'appliquait, tentait de reproduire ou d'interpréter les corps et, à travers eux, les âmes. Les modèles, souvent, étaient des gens de la rue, à tous les sens du terme, des gens ordinaires, mais aussi des petits, sans ressources, sans domicile parfois, et ce boulot ingrat, pas très bien payé, leur était une vraie manne, à laquelle ils tenaient si fort qu'on pouvait les engueuler à loisir, passer sur eux sa rage d'impuissance, son dépit frustré quand un trait vous résistait, on les secouait, on leur parlait comme à des gosses, à des chiens quand vraiment ça n'allait pas, et ils se résignaient, silencieux, se raidissaient dans la pose que souvent ils n'avaient même pas trahie, leur gagne-pain, c'était ça, rester des heures sans remuer, sans boire ni manger, sans pisser, sans respirer, et se faire engueuler. Ils n'auraient donné leur place pour rien au monde. Celui-ci, l'apparente cinquantaine grisonnante, les traits réguliers mais typés, genre Manouche buriné, elle ne savait même pas comment il s'appelait. C'était dingue, à y bien réfléchir, de passer des heures avec un type à poil, de lui titiller, certes virtuellement, mais enfin très sérieusement la nouille, et d'ignorer son nom. Allez y comprendre quelque chose, Suze soudain trouva très incongru d'avoir fait bander un anonyme. Parce que, dans sa cervelle surmenée, la chose venait de se faire jour : il n'y avait pas de hasard, le gars s'était retrouvé au garde-à-vous au moment où elle lui avait chatouillé Popaul. Une sorte de résurgence de son rêve, ce fameux don de télékinésie, mais sans la terreur, avec, plutôt, un sentiment de puissance, d'autant plus jouissive qu'elle était clandestine, car pour dire le vrai, le modèle n'avait pas paru gêné, il ne s'était pas aperçu de son avatar, comme s'il avait été sous hypnose, et là, la chose méritait réflexion, offrant des perspectives séduisantes, quoiqu'encore vagues. Mais Suze se promit de les explorer et regretta même d'avoir envoyé le type se rhabiller si vite.

« Pedro ». Il venait de lui lâcher le nom qu'elle avait demandé, en se retournant, en la considérant, par-dessus son épaule, d'un air étonné.

– Non mais, comme ça, pour rien, dit-elle, répondant à la question qu'il n'avait pas posée. Elle avait l'impression de l'avoir entendu penser. Parce que… si j'ai encore envie de travailler avec vous, je dirai : « Je veux Pedro. »

Il la regardait toujours, de plus en plus perplexe.

– Oui, je sais, admit-elle, je vous ai un peu rudoyé, mais il ne faut pas faire attention, j'étais en boule, ça ne voulait pas venir… Alors, dans ces cas-là, on engueule le modèle, vous le savez bien. Mais… j'ai du plaisir à vous peindre !

Elle se demanda ce qui venait de lui prendre, et lui aussi devait se le demander, il n'osait plus repartir vers le vestiaire, dansait d'un pied sur l'autre, toujours nu hormis une serviette qu'il tenait en boule sur sa virilité, et Suze pensa que peut-être il bandait encore. Elle ne se sentait pas troublée, si ce n'est par l'idée qu'elle était à l'origine de cette érection d'une façon très particulière, c'était son pinceau d'artiste qui avait déclenché le processus, pas sa présence de femme, sinon le Manouche aurait pu triquer dès le début des séances. Et d'ailleurs, elle en était certaine, il ne s'était pas rendu compte de son état. Étrange… Très étrange, et, en tout cas, à creuser.

Au lendemain de cette première manifestation surnaturelle du pouvoir de Suze, elle fut en avance à l'atelier, prit le temps de se faire un café et s'isola comme un artiste qui doit se concentrer dans sa loge avant la performance. À l'arrivée de Pedro, elle le salua d'un joyeux « On y va ? » qui ne suscita qu'un hochement d'approbation dénué du moindre enthousiasme. Pedro passa au vestiaire, en sortit armé de sa serviette que l'usage voulait tenue jusqu'à la dernière minute sur son intimité. Au fauteuil, il la posa à terre, s'assit, croisa les jambes, abandonna sa main sur sa cuisse, leva le menton et regarda Suze, en quête d'injonctions habituelles, « Plus haute, la tête, moins allongée, la main »…

Elle le contemplait, apparemment satisfaite, mais amorça tout de même une moue. Quelque chose la froissait.

– Euh… le… La… plus tombant, le sexe, enfin, si c'est possible…

Ce n'est pas qu'il bandait, mais le corps du pénis ne plongeait pas tout à fait de la même façon que sur le croquis, et quoique cette partie du corps pût être considérée comme terminée, Suze se convainquit que son absolue similitude avec ce qu'elle avait peint la veille était nécessaire au travail du reste de l'anatomie.

Le gars ne voyait pas ce qu'elle voulait dire, il répéta « Tombant ? », en s'arrangeant vaguement la bimbeloterie. Jusqu'à présent, cet endroit de sa personne était bien le seul à avoir retrouvé naturellement la pose, et la dessinatrice avait toujours paru s'accommoder de sa position. Elle fit encore la grimace deux ou trois fois, puis se décida.

– Pardon, hein ? Elle était venue jusqu'au fauteuil, lui avait saisi la tige entre deux doigts qu'elle avait tâché de rendre les plus légers possible, et elle lui disposait l'oiseau la tête en bas, lui tirait sur le col, lui pinçait le bec, en reculant chaque fois pour juger de l'effet obtenu, en s'excusant chaque fois, jamais vraiment contente, et, finalement oublieuse de civilité, finit par le mater d'une main autoritaire en saluant le résultat de sa sculpture d'un « Là ! » victorieux. Tout le temps qu'avait duré la mise en scène, le modèle s'était laissé faire stoïquement, sans broncher, sans la plus petite, la plus imperceptible réaction qui fût. Parfait dans son rôle de pâte à modeler, de matière première, de support au talent de l'artiste. Cette insensibilité enchanta Suze, d'autant plus qu'une fois revenue à son tableau, elle entreprit de lisser du bout d'un toupet de soie le petit chef-d'œuvre de la veille, cette jolie bite beige rosé qui reposait sur son coussin de couilles, et que, levant les yeux sur le modèle, elle constata que, comme la veille, les prunelles perdues loin derrière elle, sans doute en un pays fabuleux de fantasmes hallucinés où l'expédiaient les onctions du pinceau magique, il bandait éperdument. Voilà, la chose était confirmée, Suze avait bel et bien un don, pas tout à fait celui de son rêve, ce n'était pas son seul regard qui soulevait la queue de Pedro, c'était son pinceau, le travail de son pinceau, appliqué, délicat, ardent, et toute la minutie, tout le soin et l'amour de son art qu'elle y mettait. Personne, jamais, ne s'était aperçu de cette troublante capacité, même pas elle, et la bite de Pedro n'était pourtant pas la seule qu'elle eût peinte depuis qu'elle fréquentait les ateliers et s'attachait à reproduire des anatomies d'hommes nus. Peut-être n'avait-elle jamais levé les yeux au bon moment, peut-être le don n'était-il arrivé dans sa vie que récemment…

Alors débuta une période passionnante d'expérimentations. Suze, de jour en jour, peaufina l'exercice de son don, très concentrée, mais fantaisiste aussi, frivole, taquinant du pinceau non plus seulement les parties génitales de son dessin, mais ses aines, ses aisselles, le creux poplité que la position exposait, le pli du coude, tous les endroits qu'elle savait réceptifs et érogènes, allant jusqu'à masser de ses soies humides les tétons charnus qui ponctuaient la poitrine un peu douillette de sa créature. Sur la toile, la créature, bien sûr, ne tiquait pas, s'affirmait seulement en couleurs et en contours, toujours plus précise, plus drue ici, plus marquée là, plus tranchante sur le fond pâle et plus arrogante, plus dense, jamais les détails, les détails intimes d'un corps n'avaient autant agressé, sur une œuvre de l'artiste, le regard du spectateur, et du coup, le dessin y gagnait une forme de génie, la sauvagerie d'un érotisme provocant et sombre, indécent. Les contours généraux du corps se floutaient, fondaient pour ne laisser voir que les gros plans troublants d'un bout de sein à vif, d'un nombril compliqué comme un sexe de femme, d'une verge enflée dans son repos, comme gorgée de lascivité, tentante dans sa fausse candeur sur le reposoir écarlate des testicules hérissés.

Le modèle, lui, lentement, se transformait aussi, mais dans le mouvement. Les touches du pinceau facétieux ne lui dressaient plus seulement la bite, elles lui gonflaient les pectoraux, lui dardaient les mamelons, lui soulevaient les poils des avant-bras en un frisson visible et bouleversant. Tout bougeait en lui, tout ce que Suze redessinait de sensible, mais c'était un remue-ménage insidieux, perceptible à la seule prunelle exercée, et Suze omettait de le remarquer à haute voix ou de faire quoi que ce fût qui pût laisser penser qu'elle l'avait noté. Son pouvoir la grisait. Elle n'envisageait pas de l'exploiter d'une façon charnellement intéressée, elle n'en était qu'à sa découverte ébahie et à la jouissance indéfiniment renouvelée de sa constatation. Et toujours, pendant ces séances, Pedro gardait son regard fixe, perdu loin derrière l'épaule de Suze, comme absent à lui-même et à tout ce qui les entourait, toujours elle avait cette impression qu'il n'existait plus, hormis par sa chair émue, et que sa conscience disparaissait au moment où le pinceau de l'artiste commençait à chambouler son corps. C'était un procédé mystérieux et terrible, qui animait le modèle à distance par le truchement d'un pinceau, mais le privait en même temps de son âme. Avec un peu d'entraînement peut-être, cette âme passerait-elle dans la silhouette de la toile, et alors... L'hypothèse était venue à l'esprit de Suze, et l'avait si fort effrayée qu'elle se garda d'y resonger.

La toile devait pourtant bien se finir un jour, déjà on lui avait fait la remarque : « Toujours sur Pedro, alors ? Il te donne du fil à retordre ? », on avait demandé à voir. Il n'y avait aucune raison pour qu'elle refuse de montrer son travail, elle avait laissé s'approcher quelques copains, et après une minute de grand silence, l'un avait dit : « Ah ! ouais ! Quand même !... » et un autre : « Tu as changé de patte, non ? » Maintenant, la première surprise passée, on la charriait, on insinuait qu'elle s'était attachée à son modèle au point de ne plus pouvoir terminer le tableau. Non, elle n'était pas amoureuse, seulement complètement passionnée par le phénomène qui les liait et qu'elle seule percevait. C'était si extraordinaire ! Ah ! Si seulement elle avait connu son talent du temps de Jean ! Bien des choses auraient pu être différentes, alors !

Jean, c'était sa belle tragédie, une histoire douloureuse à hurler, vieille de maintenant cinq ans. Elle sortait à peine du deuil, c'est dire. Elle l'avait aimé avec passion, et lui aussi l'avait aimée. Avec passion. Il pouvait lui faire l'amour pendant des heures, une endurance, une fougue comme elle n'en avait jamais connu. Au début, elle n'était pas si amoureuse, mais va résister à un amant pareil, un inventif, affamé de sexe, toujours raide, un qui savait dire de belles cochonneries au bon moment, qui lui donnait sa queue comme une hostie, avec religion, précision, solennité, et, comme une hostie, il demandait qu'elle la garde sur la langue, sans rien faire d'autre que la sentir là, chaude, que la presser entre ses dents et son palais, puis doucement il se reprenait, et donnait encore la communion, dans sa chatte cette fois, et pareil, il ne fallait pas bouger, rien contracter, ni aspirer ni mâcher, pas fermer les cuisses, pas crisper le con, pas soulever les reins, toutes ces choses qu'une femme amoureuse, savamment excitée, meurt d'envie de faire quand elle a la queue bien dure de son jules dans le ventre... C'était lui qui bougeait. Lui seul avait le droit. Des coulissages et des tempos à rendre folle, des feintes, des fausses sorties, des faux retours, des farces de bite, des claques de couilles, des moulinets, des trémoussements, et quand il la sentait tout près d'exploser, il s'arrêtait net, menaçait de s'en aller, reculait au bord, au bord, et elle, ça la tuait, chaque fois la même sarabande et elle ne s'habituait pas, elle pleurait, se tordait, gémissait, mais tiens ! des prunes, si on peut dire, tiens ! mon zob ! si on peut dire encore, il ne cédait pas, pas avant des éternités d'angoisse et d'attente torturée, et de prières, de convulsions, de sanglots, jusqu'à ce que littéralement elle meure de désir, et c'était arrivé, elle était morte parfois, son cœur badaboumait puis s'arrêtait net, elle suffoquait, les deux mains sur sa gorge tétanisée, elle râlait d'une mort grandiose, alors là, quand même, peut-être un peu la trouille, va savoir, il lâchait la bête, se mettait à la besogner vite, fort, régulier, sans halte jusqu'au port où il la rejoignait à la seconde, et c'était des noces de fureur, un rut de bêtes qui devait effarer le voisinage en peuplant les échos pour de longues minutes brûlantes.

Un jour, rien ne se passa comme à l'accoutumée. Il l'avait à peine caressée, elle le sentait ailleurs, elle offrit sa bouche en se penchant vers lui, il la repoussa. Son sexe était dressé quand même, il le lui mit tout de suite au fond, exécuta quelques voyages, jouit vite en gémissant tristement. Elle était stupéfaite. Elle n'avait pas même eu le temps de se motiver vraiment. Il se retira, roula sur le côté du lit et dit :

– Suzanne !

Le mot la cloua. Il ne l'avait jamais appelée Suzanne, du premier jour ç'avait été Suze, « Comme l'alcool, avait-il dit, doux et amer à la fois. Suze, ça me plaît, ça m'enivre. »

– Suzanne ! répéta-t-elle, je ne t'enivre plus ?

Elle connaissait la réponse.

– Je crois, déclara-t-il sans détour ni apparente méchanceté, que tu ne me fais plus bander.

Et alors là, proteste et questionne, et pleure et ris même, fais semblant de douter, de croire à une mauvaise blague, une mauvaise passe, une mauvaise nuit… Un mauvais rêve…

– C'est ça, hein, Jean, tu as fait un mauvais rêve ? Où tu me voyais moche, ou dégoûtante, ou je ne sais quoi ? Ça arrive, qu'on croie si fort à ses rêves qu'on n'arrive plus à faire la part des choses, du vrai et du faux, ça passe au bout d'un moment. J'attendrai, va !

– N'attends pas, asséna-t-il, ça ne passera pas, je me connais. Ni mauvaise blague ni mauvaise passe, ou mauvaise nuit, la mauvaise, ce n'est que toi, toi qui me semblais si bonne, et tout à trac, boum ! je te trouve mauvaise. Enfin, plus si bonne. Plus bonne du tout.

Elle ne s'était pas résignée comme ça, avait tenté de se débattre, de se bagarrer, longtemps, mais on lui avait lu l'histoire de la petite chèvre de Monsieur Seguin, elle savait qu'elle n'avait aucune chance, Jean, c'était un loup, un dévoreur cruel, chaque coup de dent faisait plus mal que le précédent, et le calvaire dura tout le temps qu'elle eut des forces.

– Mais Jean, Jean, écoute, la dernière fois, cette dernière fois, là, où tu m'as fait l'amour, tu bandais, pourtant !

– Voilà où tu es mauvaise, Suzanne, tu te contentes de ça ? Tu t'en contenterais ? Je ne t'ai pas fait l'amour, j'ai introduit ma queue dans ton con, elle savait le chemin et ça valait mieux, parce qu'un rien l'aurait détournée, arrêtée, flétrie. Et j'ai vidé mes couilles. C'est tout ce que j'ai fait. N'appelle pas ça l'amour, ça ne fait pas honneur à tout ce qui a existé avant entre nous.

Il y avait eu encore des tentatives, des gestes plutôt que des mots, elle avait avancé des mains serviles, des doigts indiscrets, il adorait hier encore se faire fouiller le cul, une bouche de courtisane, elle lui ferait la pipe du siècle, celle dont tous les hommes rêvent, une ventouse de bonheur autour de leur queue, la permission d'aller loin, le plus loin possible, à toucher le fond de la gorge qui les accueille, de s'y ruer, de se cramponner aux cheveux de la goule téteuse, et elle lui serrerait les couilles en même temps, lui planterait deux doigts, le travaillerait là-derrière à l'affoler de coliques voluptueuses, elle irait chercher son foutre, sa merde, son âme, elle…

Elle n'avait pas osé dire tout ça à son psy, juste que ça l'avait rendue chèvre, tous les refus essuyés, cet abandon brutal, inexpliqué, définitif, elle était vidée de tout, de ses envies, de sa vie… Le psy avait répété : « Chèvre ? »

Le mythe l'habitait, de la pauvre biquette courageuse et tragiquement perdue. Jean l'avait dévorée, pour de bon.

– C'était un loup ! dit-elle au psy d'un ton d'évidence.

– Ou un bouc, répondit-il. Un bouc lubrique, et passé le temps du rut, exit la chèvre ! La chèvre, c'est vous qui en parlez.

C'est à peu près à cette époque qu'avaient commencé ses rêves de télékinésie. Maintenant, elle faisait la relation avec la déclaration de Jean : « Tu ne me fais plus bander. » Inconsciemment, elle regrettait ce pouvoir qu'elle n'avait plus de le bouger, de le soulever, de le mobiliser, au sens étymologique du terme. Et peut-être qu'à force de le regretter, ce pouvoir lui était venu... Peut-être qu'aujourd'hui, avec ce qu'elle savait de ses aptitudes, elle pourrait ressusciter devant le loup, ou exciter le bouc, peu importait finalement la noblesse de la bête, l'amour-propre de Suze avait guéri avant son amour tout court, le psy avait peut-être raison, Jean n'était peut-être qu'un bouc puant et grossier, mais elle s'en foutait, pourvu qu'elle le voie encore une fois en désir devant elle, pour elle, même si, comme Pedro, il ne devait pas s'apercevoir du sortilège, c'était même encore plus jouissif comme ça. Il suffirait de le mettre en situation, et, le moment venu, de prendre une photo. Après, elle la lui montrerait, elle dirait :

– Alors ? Je ne te faisais plus bander ? Regarde, cinq ans après, rien que de poser pour moi !

Il avait tergiversé, hésité, fait des embarras de pucelle qui allègue de son imparfaite plastique, elle avait éludé, sans s'indigner trop ouvertement, qu'il se rende compte quand même qu'elle n'en était plus à béer devant ses abdos et son torse viril. Elle avait aussi résisté à la tentation de lui dire : « Tu me dois bien ça », elle savait qu'il ne se sentait redevable de rien, et d'ailleurs c'est elle qui lui devait la précieuse survenue de ce don mirifique qu'elle voulait à tout prix exploiter sur lui.

Il consentit enfin, avec cette petite phrase qui lui ressemblait si peu : « Tu vas peut-être me trouver changé...

– Moi aussi, dit-elle, et sa voix se fit presque inquiétante dans le combiné, moi aussi j'ai changé. »

Non, il n'avait pas changé, à peine plus enveloppé, le poil un peu moins dru... Son sexe en tout cas était bien le même, lourd, épais, il s'écrasait sous son propre poids, car elle l'avait mis en scène dans la même position que Pedro, histoire d'avoir toutes les chances de son côté. Le fauteuil aussi était ressemblant, le décor un peu moins, elle l'avait fait venir chez elle sous couvert de discrétion : « À l'atelier, on n'amène pas ses modèles personnels, et puis je ne veux pas qu'ils sachent tout ce que je fais... »

Et la séance avait commencé.

– Regarde bien au loin, derrière moi. Oui, derrière mon épaule droite, comme si tu fixais quelque chose de très intriguant et d'à peine visible !

Il s'était exécuté docilement, ses cuisses croisées haut laissaient voir toute la masse de ses couilles pesantes, de sa bite charnue. Elle attaqua. Tout de suite là. Le contour général était à peine esquissé, bâclé, plus symbolique qu'autre chose, utile surtout à localiser la zone qui l'intéressait, à lui servir d'écrin. Elle avait choisi son pinceau parmi les plus doux et fins. Sur la palette, la nuance importait peu, elle se dit même avec une espèce de hargne qu'elle pouvait la lui peindre en bleu ou en vert, tiens, ça serait drôle, mais une crainte superstitieuse l'en empêcha, la peur de trahir le protocole et de compromettre le résultat, elle s'appliqua donc à trouver un ocre un peu profond, ce type avait un bronzage intégral, un hâle naturel qui lui semblait familier et dont pourtant elle n'avait jamais vraiment pris conscience. Elle aurait dû entreprendre de le faire poser bien avant, du temps de leur torride liaison, elle l'aurait connu davantage, et peut-être aurait su le garder. Là elle le découvrait, grâce à son pinceau. Et grâce à lui, elle allait le mettre au garde-à-vous, quel pied ! Quelle revanche !!!

Brosser, lisser, titiller, caresser, parcourir et cerner, éclairer, creuser, sculpter, reprendre encore et encore la forme, le relief, la couleur, une heure qu'elle lui chatouillait le bazar, lui flattait les roupettes, lui turlupinait le zob, on ne voyait plus que ça sur la toile, ce service trois-pièces léché, peaufiné, plus vrai que nature, mais une nature morte, alors, carrément flinguée, doublement trépassée, de part et d'autre du miroir, le modèle pas plus vivant, pas plus bandant, pas plus concerné que le dessin, merde, la magie n'opérait pas, Suze s'acharnait, sortait la langue, soupirait, un tic nerveux lui était venu qui tiraillait sa bouche, son chignon croulait dans la fureur de la lutte, qu'est-ce qu'il avait à récalcitrer comme ça, ce salopard ? Elle le lui lustrait pas bien, son putain d'engin ? Elle le lui branlait pas comme une reine ? Il ne sentait pas sous ses couilles, ses grosses couilles molles, la léchouille des poils de son pinceau, loin, à se faufiler jusqu'au trou du cul, et sur la bite, sur le bout, les petits coups de poignet d'artiste, et autour du col roulé, les pointes impressionnistes, pour piqueter le gland d'un grain bien réaliste, presque une chair de poule ? Mais il était devenu impuissant, parole, le Jeannot, plus rien dans la queue, juste la pisse alors, et il devait s'asseoir comme une gonzesse pour se soulager, avec un truc aussi amorphe, aussi flagada entre les jambes, à même pas pouvoir pisser debout !

Et elle reprenait et reprenait encore, à la dure cette fois, une brosse bien raide, un chiendent à vous peler le haricot, à vous abraser les quetsches, et ran ! et ran ! la toile crissait et le truc ne durcissait toujours pas !

Au bout d'un très long moment, Jean qui s'était tenu tranquille, commença à s'agiter, à parler de crampes, de fringale, et demanda à voir l'œuvre.

– Non, dit-elle, péremptoire. Je n'ai pas fini.

– Tu as quand même dû faire le plus gros, objecta son modèle, qui n'avait pas attendu sa permission pour se lever. Tu finiras sans moi, hein, j'ai pas que ça à foutre de rester des heures à poil comme ça. Je suppose que ton appareil photo, là, c'est fait pour. Tu me tires le portrait, en pause, et tu fignoles toute seule.

Elle n'avait pas pu le retenir. Juste, et c'était déjà ça, le dissuader de zieuter le tableau, ça l'empêcherait de terminer, elle ne le montrerait que parfait ! Qu'aurait-il pensé s'il avait découvert sur le chevalet le portrait outré, monstrueux d'obscénité de sa bite et de ses couilles isolées du reste du corps par un contraste violent de couleur et de trait ? Qu'elle était devenue folle ? Folle d'amour, de regret, de frustration ? Non, elle n'était pas folle, seulement très au-dessus des lois humaines, maintenant, une sorcière, une magicienne, qui lui ferait lever la queue bon gré mal gré.

Elle pensa qu'elle manquait encore d'entraînement. Revint à l'atelier, convoqua Pedro.

– Une dernière touche à mettre, Pedro, vous voulez bien ? Vraiment, la dernière ! Juré !

Ils s'installèrent, retrouvant leurs positions respectives. Elle reprit sa toile. Qu'allait-elle pouvoir ajouter à la jonquaille du Manouche ? Elle lui avait déjà fait une pine comme un navet de compétition, un scrotum comme une double aubergine, mais elle attrapa son pinceau avec une détermination farouche.

Trois quarts d'heure plus tard, elle touchait le fond. L'appareil testiculo-urinaire de Pedro éclatait sur la toile comme un coucher de soleil ensanglanté, et il ne bandait toujours pas ! Suze faillit s'arracher les cheveux, elle avait mal aux épaules, à la nuque, son dos raidi la brûlait.

– Bon, cria-t-elle à l'adresse de Pedro, qu'est-ce qui ne va pas ?

Il prit son air bovin, à claquer.

– Pourtant, on a tout ! Toutes les conditions pour réussir ! Elle hurlait, en proie à une colère qui dépassait le Manouche. On a même plus de place, je peux enfin bouger, dans ce putain de réduit, enfin reculer, pour voir l'ensemble, pour apprécier, et je vois... Je vois que j'ai foiré !

– Peut-être, suggéra humblement le Manouche, qu'il faut moins reculer. Il y a des tableaux qu'on apprécie mieux de loin, et d'autres de près !

– Moins reculer ? répéta-t-elle, hagarde. Et soudain, la vérité l'illumina, sa prunelle s'arrondit sur la trouvaille.

– Je SAIS !!! Oui, je sais ! J'ai compris ! C'est ce... métallique bidule de mes couilles qui manque au tableau, enfin je me comprends, qui manque quoi ! Quand il était derrière moi, j'avais moins d'aise, mais... plus de... génie ! Tu me comprends, Pedro ?

Pedro eut un air énigmatique. Il ne répondit ni oui ni non, hocha vaguement la tête dans tous les sens et demanda la permission de s'éclipser.

– Va, dit Suze avec mansuétude. De toute façon, c'est foutu pour aujourd'hui ! Je demanderai à la petite... la petite Chose de me prêter son travail. On le mettra là, derrière moi, comme avant, et on reprendra ! Je suis sûre que cette composition bizarroïde génère des bonnes ondes ! Hein, Pedro ? On ne va pas rester comme ça sur un échec ?

Metallic Dream était parti pour l'expo, dans la grande camionnette d'Igor. La petite « Chose », à savoir Lorrie, ouvrait de grands yeux.

– Non, à ce point ? Je n'avais pas vu qu'il te plaisait comme ça, j'avais même l'impression que tu l'avais à peine regardé ! Je suis embêtée, là, parce qu'il a sa place, dans le grand hall d'entrée. Je ne peux pas le décrocher, compromettre l'expo, ils ont tous tellement travaillé dessus ! Après, si tu veux, s'il n'est pas vendu, je le récupère, je te le prête un moment. Même s'il est vendu, d'ailleurs, je demanderai un délai de livraison.

– Tu le vends combien ?

C'était la première œuvre que Lorrie vendait, c'était la première fois que quelqu'un de l'atelier achetait à un autre artiste une de ses productions, et c'était la première fois que la somme demandée par le créateur, en l'occurrence la créatrice, se voyait triplée d'entrée de jeu par l'acquéreur, en l'occurrence l'acquéreuse.

– Ce n'est pas assez cher, avait déclaré Suze, je t'en donne trois fois plus. Mais récupère-le, j'en ai besoin tout de suite !

Toutes ces premières fois, et surtout l'entêtement mystérieux de Suze transformèrent l'événement en une affaire considérable dont on se mit à parler, et chacun y allait de son interprétation personnelle, un caprice, une jalousie de peintre qui n'expose pas, ou alors, et c'était l'idée la plus partagée, plus qu'un coup de folie passagère, la confirmation d'un état dépressif dont tout le monde avait pu se rendre compte depuis quelques années déjà.

– Elle n'a jamais digéré sa rupture avec son mec de l'époque, le beau Jean, tu sais, le tombeur ?

– Oui, celui qui avait gagné l'oscar de la Quéquette d'or, au gala de l'union des Pas Tristes ?

– On lui avait dit qu'il avait le chic pour larguer les filles du jour au lendemain, même quand l'aventure avait l'air de devoir durer. Il était connu pour ça.

– Et elle nous croyait pas…

– Et depuis, elle est… On faisait des gestes explicites, on agitait les doigts à la hauteur de la tempe. Elle est… disons… spéciale !

– De là à balancer 1 800 euros pour un collage de papiers de chocolats !

On en parlait même chez les modèles, et bien sûr on en rigola avec Pedro.

– Parais que tu posais pour une louf ! À poil, en plus ! T'avais pas peur ?

– Ben… répondit Pedro avec la mine de quelqu'un qui s'applique à l'honnêteté. Je sais pas trop…

Il hochait la tête et semblait chercher la juste réponse au fond de son demi.

– Allez ! Raconte ! insistèrent les autres, aguichés.

Il fallut bien trois demis de plus pour convaincre Pedro de lâcher le morceau. Enfin, la parole embarrassée et la prunelle humide rivée sur ses souvenirs, il se lança.

– Bon. Elle est gironde, cette nana. Quoi, je l'ai toujours trouvée… pas mal. Je l'ai croisée quelquefois dans les locals…

– Caux ! coupa quelqu'un.

– Quoi ? dit Pedro.

Et tout de suite plusieurs protestations s'élevèrent :

– Ta gueule !

– Commence pas à le couper ! qui disaient assez l'intérêt qu'on prenait au récit.

– Oui, approuva Pedro, commence pas, c'est déjà difficile comme ça ! Donc, je la voyais, je me disais « Tiens ! Bien roulée, cette meuf ! » pas de la prime, mais... bandante quand même. Bien tenue, maquillée, un chignon comme ça, presque un peu à la BB, des jupettes qui faisaient pas vieux pour un sou, des bottines cloutées, tout ça, c'était pas dégoûtant. Et après, je la recroisais avec la grande blouse, Madone ! un sac ! Plus rien à voir, et ça me passait l'envie de penser à des conneries et d'ailleurs j'étais pas là pour ça. Quand elle m'a demandé si j'étais libre après le portrait de groupe d'Amalric, j'ai dit oui, tout content d'enchaîner, j'avais même pas gagné de quoi payer tout le mois à l'hôtel. J'ai dit oui, et elle a précisé : « C'est pour un nu. Tu le fais, ça ? » Je l'avais déjà fait, pour deux ou trois de la maison, mais c'était pas pareil, des vieux machins que je me rappelle même pas les noms, et un professeur avec ses élèves, qui passait derrière eux et les charriait : « Tu crois vraiment qu'il a la jambe faite comme ça ? Ça doit le gêner pour marcher, hein Pedro, tu savais pas que tu avais un pied-bot ? » et moi, non seulement je le savais pas, mais je me demandais lequel d'après lui me gênait, le beau ou le moche, bref, ce monde-là, des artistes, faut pas chercher. Quand j'ai accepté de poser pour la belle blonde, que son nom c'était Suze, je l'ai su après, et j'avais même compris Suce, Ouh là !, je m'étais dit, ça promet !, j'avais un peu les jetons de pas savoir rester correct, vous m'avez compris. Cause qu'elle était, comme je vous l'ai dit, plutôt appétissante. Mais sans la blouse, je vous l'ai dit aussi, et pour le contact, c'était pas de la tarte, toujours à me houspiller, à me reprendre, pas question de bouger un cil, elle le voyait tout de suite, elle rouscaillait sans arrêt. Alors je m'étais fait de la bile pour rien, parce que va prendre le tricotin, toi, avec les roupettes à l'air devant une harpie qui t'engueule en faisant des grimaces dans sa blouse genre housse de camping !

Bon. Les séances ont duré comme ça, normal, jusqu'au moment où une petite a collé un grand tableau dans la minuscule pièce où on était. Entreposé provisoirement, qu'elle a dit. Elle l'a mis juste derrière la blonde, qui était pas folle de joie, vu qu'elle se trouvait déjà à l'étroit dans le cagibi. C'était pas un tableau formid', même si j'y connais pas grand-chose, disons qu'il représentait rien du tout, il était fait avec des bouts d'alu et de miroir, enfin, peut-être pas du miroir, mais c'était tout comme, un métal brillant, et c'est là que ça se corse.

La Suze voulait que je garde le menton levé et les yeux fixes derrière elle. Ce qui fait que d'un coup, par un jeu, un concours de positions, je voyais tout ce qu'elle barbouillait sur sa toile dans le tableau, dans un petit bout seulement, mais qui était absolument comme une glace. Jamais j'aurais eu l'idée de lui demander à voir le travail, surtout tant qu'elle l'avait pas fini, et de toute façon, ça m'intéressait guère, je sais trop de quoi on a l'air sur leurs peintures, j'ai déjà eu des chocs, sans trop rien dire, et c'était pas qu'une question de pied beau ou moche. Mais là, sans avoir rien demandé, je pouvais suivre en direct les progrès du dessin, et les mouvements du pinceau.

Elle en était à m'attaquer la biroute. Je me comprends. Je voyais le haut de mon corps dans l'alu brillant du grand bazar, je voyais plutôt ce qu'elle en avait fait, j'étais là-dessus tout tarabiscoté, le bas était plus flou, quelques coups de crayon jetés comme ça, et c'était presque plus beau que tout ce qu'elle avait fignolé ailleurs. Quand elle a posé le bout de son pinceau à l'endroit stratégique, vous voyez ce que je veux dire, je me suis pensé : « Adios, elle va te faire un engin à montrer dans les foires. » Et j'ai regardé comment elle s'y prenait pour transformer une honnête camelote – c'est vrai, personne s'est jamais plaint, je pense aux femmes à qui j'ai pu en faire profiter – une honnête et potable camelote en illustration pour dico de médecine, là où ils vous collent les trucs tordus pleins de chancres ou d'ulcères. Mais finalement, elle y allait dans la délicatesse, tout doux, de la pointe du pinceau, elle te caressait ça que c'en était… enfin, bon, je me suis senti tout chose de voir avec quel soin elle zieutait sa palette pour retrouver une teinte bien vraie, bien ressemblante, et les poils, ceux de son pinceau, ils semblaient si fins, si précis, ça m'en chatouillait presque pour de bon les roubignoles, j'avais des frissons de plaisir et je l'ai senti, que ça allait devenir gênant, j'ai voulu détourner les yeux, mais elle aurait renaudé tout de suite, « Plus haut le menton, derrière mon épaule, le regard ! », j'avais beau essayer de me rendre miraud, avec les gobilles fixées là où elle voulait, je pouvais pas ne pas voir. Elle, elle s'en rendait pas compte, que le spectacle de son poignet qui tremblotait pour me dessiner le zob, ça me tourneboulait, et celui de ses doigts, donc, bien délicats autour de la queue du pinceau, c'était comme si elle me tenait le poireau entre ses phalanges mignonnes, et le toupet du truc, Madone ! qui me vibrait sur les frangines ! Mais ça a fini par me rendre dingue ! et une tringle, alors, mes pauvres !!! J'étais à l'agonie, super honteux et allumé comme jamais, et elle qui ne voyait rien ! Mais que faire et que dire ??? Excusez-moi, Madame, votre instrument, je le vois dans la glace, et je le sens aussi, et j'en peux plus de garder les quinquets grands ouverts sur votre branlette de peintre, jamais on m'avait taquiné l'asperge avec de la soie, et jamais j'aurais cru que je puisse prendre la gaule rien qu'en regardant le portrait de ma bite en train de se faire !

Le récit de Pedro ne manquait pas de surprendre et d'amuser. Il venait de s'arrêter, il avait la gorge sèche, un peu la parlotte et un peu l'émotion du souvenir. Quelqu'un proposa tout de suite : « On va te commander une autre bière ! » et ça signifiait, il le comprit bien, « Alors ?... La suite ??? » avec des points d'interrogations passionnés qui lui faisaient honneur, parce que jusque-là, à part qu'on l'appelait des fois « Almodovar » pour le mettre en boîte, il avait pas l'impression d'avoir beaucoup d'importance, ni d'attirer spécialement l'attention. Cet anonymat lui pesait un peu, et ce jour-là, son succès d'écoute le grisa autant que les bocks ingurgités, et contribua largement à un état de désinhibition qui autorisait les confidences les plus intimes.

– À un moment quand même, elle a fait une drôle de gueule, et m'a renvoyé sèchement me rhabiller. J'ai pensé : « C'est cuit. Elle m'a enfin capté, et je peux dire adieu au job. Si elle me reprend, ce sera un gros coup de bol, et j'aurai intérêt à me tenir à carreau. » J'ai pas moufté, mais le lendemain je me suis pointé à l'atelier presque sûr qu'elle y serait pas, ou qu'elle m'aurait remplacé. Mais ça doit pas être si simple de finir avec un autre modèle ce qu'on a commencé avec le premier, vu comme elle tient à ce qu'on garde la pose et tout.

Incroyable, elle était là, à siroter un café et toute joyce. « On y va ? » qu'elle m'a dit tout sucre et tout miel. Je brillais pas, content de cette deuxième chance, mais tracassé par l'idée que ma crampe me reprenne.

Et elle m'a repris.

Oh ! Pas tout de suite. C'est même assez incroyable. Parce que quand j'ai pris la pose, la Suze était pas satisfaite, ça se voyait, embêtée par quelque chose qui clochait. Elle m'a reproché d'avoir le sexe qui tombait. Mettez-vous à ma place : j'ai cru que ça y était, une avance directe, quoi, style : « Bande comme hier, qu'on en finisse ! » Mais pas du tout. Elle est venue vers moi, m'a attrapé le marsouin, et vas-y que je tire dessus, que je le pince, sans douceur, hein, elle était pas câline, plutôt sévère même, j'ai cru à une punition, ou une menace, une façon de prévenir : « Recommence pas tes conneries ou ça ira mal ! » Enfin, elle me le dispose à sa guise, la tête en bas toujours mais un peu moins abandonnée, peut-être, enfin, ça lui allait, et elle recule pour attaquer le boulot. Moi, le bizarre, c'est que tout le temps qu'elle me le bricolait, rien, pas ça ! pas l'ombre d'un frisson, pas de réactions, de sensations, de... Rien !!! Donc, elle recule, se penche sur le chevalet, pose le pinceau sur la toile et se remet à l'œuvre. C'est là que ça m'a repris.

Sitôt les yeux sur le miroir derrière elle, qui me montrait le film cochon de ses onctions sur ma zone d'alarme, j'ai senti Popaul qui se la racontait, le museau à humer le vent et les pralines en délire, parce qu'elle me les pastissait avec ardeur, et je te mets du rouge, et je te le charge de bordeaux, putain, je les avais comme deux betteraves siamoises, et elle brossait toujours, à croire que ça la faisait jouir aussi, par toile interposée, et par pinceau, par peinture, elle me faisait reluire la joaillerie comme une qui allait s'en servir, mais on en restait là, elle toute à son application, et moi terrifié par l'enflure de mon truc... Et pas seulement de mon truc, elle me massait aussi les tétons, et le ventre, les cuisses, le nombril, je devenais dingue de ces pelotages, de ces mignotages de fantôme, oui, voilà, on dit que les amputés ont des douleurs fantômes dans leur membre disparu, ou des démangeaisons à hurler, qu'ils ne peuvent pas soulager ni gratter, va gratter une absence de jambe ou de bras, toi, moi, je crevais de me la faire attraper et secouer, mais, impossible, c'était un dessin qu'elle tripotait, et tellement absorbée, mais tellement, tellement qu'elle me voyait plus, mais plus du tout !

– Alors tu aurais pu baisser les yeux !

– Tu parles ! J'étais piégé, le point de non-retour, excité comme un cheval, et pas moyen de penser à autre chose qu'à ma grosse pine apoplectique qui allait finir par exploser, l'enfer !!! Jamais je m'étais vu dans cet état, mais quand je dis « vu », c'est vu de l'intérieur, vu avec mon imagination, puisque je pouvais pas me regarder, je savais que j'avais les couilles violettes, la queue dilatée, je sentais la petite rosée visqueuse qui suinte du bout entrouvert, et elle, l'artiste, elle l'avait pas ratée, elle me dessinait pas vraiment la tringle, non, elle avait gardé le mouvement du début, celui d'un sexe innocent qui se repose le menton sur ses frangines, mais l'humidité du bout, elle l'avait si bien faite, on aurait dit une photo, et les poils dressés dans la tempête de la fringale, et les bouts de seins comme ceux des meufs, pointés, je te dis pas, et… enfin !!! même avec la biroute apparemment assoupie, j'étais devenu sur son tableau un sac de viande en rut et dans ma tête y avait comme un tourbillon, un brasier, ça gueulait, ça brûlait, c'était si fort, si violent que, je vous jure, j'ai pensé : « Nom de Dieu, ça va partir tout seul, je vais lâcher la purée et ça sera pas une giclette de tapette, avec un peu de chance, elle en aura dans les cheveux, bordel ! qu'est-ce que je peux faire ???? »

Autour de lui, les yeux arrondis, les bouches ouvertes récompensaient la passion du récit et son suspense. Personne ne songeait plus à relancer l'orateur, à le bousculer. Respectueux du silence qu'il observait, conscient de l'intensité dramatique du souvenir, on attendait la suite et le dénouement de l'incroyable aventure avec ferveur. Pedro licha la dernière goutte de son verre, mais arrêta d'un geste ferme la main de son voisin, levée sans doute pour appeler le garçon. Il n'avait plus besoin de boire, seulement de dire, de clamer l'extraordinaire, l'inouï des épisodes qu'il venait de vivre.

– Et puis, poursuivit-il, et puis rien, elle me libère, d'un vague signe du pinceau, elle dit : « C'est bon pour aujourd'hui ! », et je me colle ma serviette sur l'obélisque pour repartir au vestiaire, toujours sans oser la regarder, toujours en me demandant à quoi elle jouait, si elle avait vraiment des peaux de sauc' devant les mirettes, ou si ça l'amusait de me faire triquer jusqu'à l'extrême limite de ma résistance, et combien de temps encore ça allait durer…

Eh ben, mes pauvres, ça a duré dix jours ! Dix ! Pas un de moins. 10 jours du même topo, même sarabande, à me peaufiner les burnes, me lécher le sarce, avec son pinceau, hein ? et à me tirlipoter tous les recoins chatouilleux, que mon ventre en était en transe et mon cœur au bord de l'infractus ! J'ai pensé : « Je vais en crever, et c'est peut-être ça qu'elle veut. » Pour sauver ma peau, je suis allé jusqu'à me branler juste avant les séances, une bonne poignée de main au chauve, et je lui parlais, je lui disais : « Vas-y, lâche-toi, crache ! Et après, fini, hein ? Plus de farce ? » Mais cause toujours ! D'abord, dans les chiottes de l'atelier, je bandais pas, et je devais, c'est le comble, me motiver en me repassant les images du pinceau de la bougresse qui me flattait l'anatomie, vous voyez le truc ? Autant dire que je me conditionnais encore plus, comme qui dirait. Et quand je m'étais soulagé, que je me croyais tranquille, je reprenais presque tout de suite la trique, rien que de penser à ma branlette solitaire et au beau rêve qui l'avait accompagnée : le pinceau de la Suze qui s'introduisait dans mon canal à foutre, et m'arrachait le bonheur du ventre en s'y trémoussant comme un diable. J'étais foutu, me vider les burnes ne servait qu'à m'émoustiller davantage, je finissais par tout mélanger, un fantasme qui chassait l'autre, en posant je m'imaginais juter sous les coups de brosse de ma bourrelle, et en me secouant, je m'imaginais poser pour elle…

Et puis, le dixième jour, elle a déclaré : « Voilà ! On s'arrête, je crois que j'ai fini, je ne vous embêterai plus ! » Parce qu'elle s'était mise à me vouvoyer depuis qu'elle m'astiquait la tuyauterie, encore un truc que j'avais trouvé complètement louf, et qui me confirmait dans l'idée qu'elle était tordue.

Je suis resté comme ça sur le mystère de son aveuglement – volontaire ou non ? – et de ce qu'elle avait dans la tête quand elle me brossait les roupettes, sur une sorte de déception aussi, j'avais attendu pendant dix jours qu'il se passe quelque chose et je ne savais même pas quoi exactement. Puis j'ai fini par me dire que ces artistes sont tous un peu chtarbés, et baste. Mais peut-être une semaine après la fin du tableau, voilà qu'elle me fait dire qu'il faut revenir, et reprendre le travail.

Bon. Je me pense : « Pas nette, cette meuf, vraiment pas, sait pas ce qu'elle veut. Si ça se trouve, elle regrette de m'avoir laissé filer sans tâter de ma marchandise… » L'idée me plaisait et m'angoissait en même temps. Moi non plus, j'étais pas tellement net, j'arrivais pas à décider de quoi j'avais vraiment envie, qu'elle recommence à me turlupiner le poireau sur la toile, sans rien faire ni voir d'autre, ou qu'elle me saute carrément au paf. Et j'irai même plus loin, je me demandais si, sans le fameux reflet dans le miroir, j'étais capable de bander, tellement je sentais bien que c'était cette situation de voyeur de moi-même qui m'avait fait perdre le contrôle et hisser l'étendard. Alors si elle m'entraînait dans un coin pour que je lui fasse son affaire, elle risquait d'être carrément de la revue, et ça me nouait les tripes d'y penser.

Et alors là, ouf ! dans le cagibi, le patchwork d'alu avait disparu ! L'auteur l'avait récupéré pour une expo, et ça m'a soulagé à un point ! Parce que prendre la trique, c'est d'habitude plutôt agréable, mais pas comme ça, étranglé de honte, de frousse, paniqué de questions sans réponse… Je me recolle donc sur mon fauteuil, et la Suze derrière son chevalet, et elle commence à s'agiter, des gestes de plus en plus vifs, des soupirs, des jurons, même, bref ça avait pas l'air d'aller à sa guise, et je me disais : « Ouh là ! Mais c'est qu'elle doit recommencer tout le tableau ! » tellement ça durait et ça paraissait l'énerver. Et je me suis dit aussi : « Elle va pas tarder à t'engueuler », parce que les connais, moi, les barbouilleurs, et elle surtout, j'avais appris à la connaître, quand ça voulait pas rire, c'est moi qui prenais. Mais je m'en foutais, j'étais bien tranquille du côté de la viande et de la biroute, je me voyais plus dans la glace, et elle pouvait bien me tripoter le service trois-pièces jusqu'à la Saint Trou de Balle, j'en avais plus rien à secouer, ça me laissait complètement froid.

Et c'est bien ça qui l'horripilait en fait ! Parce qu'au bout d'un moment à s'acharner dans les transes sur son tableau, elle me fait : « Qu'est-ce qui va pas ? », avec un œil, mon vieux, qui jetait des éclairs. Preuve qu'elle attendait bien que je me mette au garde-à-vous, et que ça la faisait marronner que j'y sois pas. Et elle insiste, et elle me tend la perche, si on peut dire : « On a pourtant toutes les conditions non ? », sous-entendu : « Il te manque tant que ça, le miroir où tu reluquais mes coups de brosse ? » Moi, je saisis le code, et qu'il faut parler à mots couverts, je lui sers une réponse couci-couça, pour faire allusion à ce fameux miroir sans avoir l'air de rien, elle comprend que je suis carrément sur la même longueur d'onde, elle fait semblant de réaliser, style : « Ah ! Mais oui ! Mais bien sûr ! C'est donc ça ! C'est le tableau-miroir qui te manque ! » et elle dit même, la faux-cul, qu'il lui donnait du génie quand il était là, du génie, tu parles, c'est qu'il me montrait la pornographie de ses graffitis, oui, et que ça la faisait goder de me zieuter sans en avoir l'air en train de triquer comme un âne sans espoir de conclure. J'ai pigé tout ça, alors quand vous me demandez si j'ai pas eu la trouille de poser pour une louf, si, à la fin, j'ai eu la trouille ! J'ai compris. Je me suis même senti en danger, quand elle a dit d'un air de menace : « On va le réinstaller, crois-moi, j'y mettrai le prix, mais on l'aura, ici, exactement là-derrière, où il était jusqu'à présent ! » Et maintenant, je me demande, oui, je me demande si je vais oser y retourner.

L'assemblée avait tendance à encourager Pedro.

– Qu'est-ce que tu veux qu'il t'arrive ? Elle va pas te violer, quand même !

– À supposer… C'est pas le pire ! Ça t'enlèverait une curiosité !

– …Et le doute ! T'en aurais le cœur net !

– Et ça pourrait que te faire du bien, après toutes tes séances à te la mettre en sautoir…

Ce qu'ils voulaient, surtout, c'est la fin du feuilleton, une fin croustillante, si possible. Il le sentait bien. Lui qui s'était livré par faiblesse et aussi dans l'espoir de trouver des suggestions d'explications possibles, des conseils, des lumières, quoi, il n'était pas plus avancé. Au contraire, maintenant, il n'avait même plus la liberté de reculer, de dire : « Non merci, je ne pose plus, j'ai mieux à faire ! » Ils avaient tous les yeux braqués sur lui, et, rançon de la gloire, ils attendaient qu'il enchante encore du récit de ses prouesses l'heure sacrée de l'apéro du soir. Dur de devenir une vedette, une star du cul, en quelque sorte, surtout quand le cul se révélait si particulier.

Le tableau était revenu dans la petite pièce. Pedro y entra avec le cœur rétréci, la serviette serrée sur son bas-ventre comme une dérisoire carapace. Mais lorsqu'il s'assit sur le fauteuil, face à Suzanne qui l'attendait debout au chevalet, un immense soulagement gonfla sa poitrine et libéra son souffle : la mosaïque de métaux n'avait pas retrouvé l'exacte position des jours précédents, et du coup, même en aiguisant son regard, il n'y voyait plus le reflet de la toile en œuvre, ni du travail des pinceaux, ni de rien… Les tessons de glace renvoyaient vaguement le coin du mur opposé et un angle de baie vitrée.

Pedro affermit son port de tête, son regard, la position de sa main, de sa jambe, de tout son corps, et entreprit stoïquement d'attendre. Entres ses deux cuisses son sexe ingénu reposait, légèrement plongeant comme il aurait toujours dû être depuis le début des séances. Tout était rentré dans l'ordre.

Sauf l'artiste. Qui se démenait avec un acharnement démonstratif, très agitée, parcourue de spasmes et comme électrocutée de soubresauts, elle semblait mener une lutte inhumaine contre un ennemi invisible, un démon caché sur la toile, et ses prunelles perdues, hagardes, se levaient de plus en plus souvent, de plus en plus vite sur son modèle, elles tournaient, s'effaraient, se mouillaient, et les brosses, les pinceaux, les pochoirs, tout ça valsait, crissait, grattait, grinçait, raclait sur la toile à en faire trembler le chevalet, un sabbat de tous les diables, scandé de soupirs, bientôt de sanglots, elle gémissait maintenant : « Allez ! Allez ! Allez !!! Mais pourquoi ??? Mais pourquoi ??? », se retournait vers le tableau métallique, y posait une main fiévreuse, revenait à son œuvre damnée, à ses lamentations… Finalement, elle eut un grand, un dernier cri, jeta ses pinceaux loin, vers le fauteuil de Pedro, et s'enfuit en pleurant.

Seul dans le cagibi, Pedro perplexe hésitait à quitter la pose. Enfin, il se leva et, précautionneusement, avança vers son portrait, inquiet comme s'il commettait une affreuse indiscrétion. Ce qu'il vit le cloua : à l'endroit du sexe du personnage, là où, quelques jours auparavant irradiait l'astre rougeoyant de sa virilité, il y avait un trou, un méchant trou aux bords déchiquetés, l'artiste s'était déchaînée, elle avait à force de hargne et de vindicte, usé, abrasé, crevé la toile, et, de se découvrir ainsi mutilé, ainsi castré, Pedro en eut des frissons d'horreur. La malédiction se poursuivait, il avait triqué de se voir caressé et mignoté à coups de pinceau, et à présent il ressentait presque dans sa chair la torture imposée à son image. Machinalement, il porta la main à ses génitoires, s'y rassura, mais entreprit vers les vestiaires une retraite qui ressemblait à une fuite. Cette femme à coup sûr était folle, il fallait désormais l'éviter comme la peste.

Ce n'est pourtant pas ce qu'il fit. Son bon sens d'ordinaire solide était-il en train de vaciller ? S'était-il laissé peu à peu gagner par l'étrange démence de l'artiste ? Disons plutôt que son âme simple et son cœur bon alliaient à une forme de compassion innée une poésie qui lui était nouvellement advenue avec les péripéties de ses séances de pose. Le désarroi de Suzanne l'interpellait, il s'en sentait responsable, et il le comprenait : en fait elle aurait voulu continuer à faire l'amour avec l'image de son modèle, et soudainement cette image se refusait. Elle avait dû voir, sans y accorder une importance « terrestre », l'érection de Pedro, qui ne l'avait ni choquée ni tentée charnellement, mais sans doute profondément inspirée, et comme lui s'excitait virtuellement des tremuli de ses soies sur le dessin de ses attributs, elle aussi devait ressentir des émotions rien qu'à le voir bander et à transformer cette bandaison en œuvre d'art, c'était sûrement comme ça que ça fonctionnait, et là, on était coincé, parce que le dessin était esquinté et la pauvre fille désespérée. Que faire ? Que faire pour la rasséréner et retrouver aussi, personnellement, un peu de cette atmosphère étrange, surnaturelle, qui avait entouré leurs séances, l'avait certes angoissé mais aussi sorti de lui-même et enchanté d'un mystère érotique, il venait de le comprendre puisqu'au soulagement éprouvé succédait la morne pesanteur d'une réalité sans folie.

Alors il décida de défier la logique, les convenances, les conventions, et cette réserve habituelle qui le rendait si humble, si invisible ordinairement.

Il était facile de dévisser l'unique ampoule du plafonnier. La pièce ne servait pas la nuit, très peu aux heures sombres, elle prenait la lumière dans la journée par une large baie vitrée, et si par hasard un artiste voulait y travailler le soir, il installait un lampadaire portatif qu'on se passait d'une salle à l'autre. Sans l'ampoule du plafonnier, elle n'était plongée que dans une semi-obscurité, car l'éclairage de la rue pénétrait par la grande vitre sans store ni rideau. Cette pénombre suffit à Pedro pour installer son dispositif. Il descendit la toile de Suzanne du chevalet, la tint debout contre lui la face dessinée tournée vers la baie vitrée, lui était derrière, entièrement caché, il défit son pantalon, sortit posément sa queue et la passa dans la déchirure du tableau. Il ne bandait pas, ses couilles reposaient sur le bord déchiqueté de la plaie de toile, et son sexe pendait par-dessus. Il regrettait de ne pas pouvoir juger de l'effet qu'il imaginait saugrenu, cocasse et en même temps très obscène. Il était en dessous de la réalité, l'effet était saisissant. Certes le personnage du tableau se tenait assis, mais presque de face, et les jambes très ouvertes. Le relief de cette chair au confluent de deux cuisses et d'un ventre peints avait quelque chose de plus que troublant, la scène devenait symbole, la zone génitale, seule, était gorgée d'une vie insolente, le reste se résumait par contraste à un pâle croquis, reculait, se fondait dans les ténèbres de la pièce, et les halos des lampes de la rue, comme des projecteurs, ne semblaient éclairer que ce sexe d'homme, véritable vedette en trois dimensions du tableau…

Suzanne en entrant ne le vit pas tout de suite. La disparition de son portefeuille monopolisait pour l'heure ses préoccupations, et, l'ayant cherché partout, elle venait en désespoir de cause s'assurer qu'elle ne l'avait pas laissé dans le « cagibi ». Elle commença par pousser un juron étouffé en constatant que l'ampoule du plafonnier avait grillé. Tout de suite après, elle hurla. Elle venait de Le découvrir.

Pedro ne chercha pas à savoir si elle était sincèrement malade au point de se laisser abuser par cette grossière imposture, ou si elle marchait dans un scénario qui l'excitait. Quand elle attrapa son pinceau et qu'elle se mit à lui en flatter le dessous des pruneaux, il pensa : « Nous y sommes » et se résigna à la volupté avec l'abnégation d'un martyr. Elle, elle murmurait des mots sans suite, quasiment incompréhensibles, des « Je le savais », des « Voilà ! Voilà ! C'est arrivé ! », et elle peignait, peignait, peignait inlassablement, retouchant sans cesse cette chair prodigieuse qui gonflait, se déployait, se tendait, battait sous ses gribouillis, saluait ses coups d'éventail, se cabrait aux léchouilles de la langue de chat, et elle reprenait le blaireau, encore et encore, et jouait de l'usé bombé, et la pointe ronde ici, et la fine là, estompage, glacis, fondu, chaque geste technique était une caresse récompensée par l'élan du sujet, son essor vibrant, son émotion larmoyante, Pedro se sentait mouiller, couler, ruisseler, sa liqueur débordait, il en était à écraser sa bouche et son nez sur le dos de la toile pour ne pas gémir, et ses genoux tremblaient dans l'effort de la retenue, putain, jamais il n'avait triqué aussi fort, aussi douloureusement, avec tout son corps, ça dépassait sa bite, irradiait dans son ventre, ses membres, sa poitrine, sa tête brûlait, sa gorge se verrouillait, le trou de la toile était trop petit pour la masse de ses couilles qui avaient décuplé, et il crevait de ne pas pouvoir se trémousser, danser la biguine, jeter des coups de bassin et de hanches qui auraient élargi l'orifice, râpé avec ses varlopes poilues le bord effrangé où s'étranglaient ses frangines, rien que de s'imaginer comme ça, tout l'attirail dehors, le Popaul altier, magnifique dans sa guillotine, les roupettes enflammées, rouges et chaudes comme la braise, rien que de penser à cette fille qui y posait les yeux et les poils de ses pinceaux, rien que d'entendre la toute petite chanson des instruments sur la palette, nom de Dieu, c'était trop, trop d'excitation, trop de tension, de bonheur, d'angoisse, ça allait partir, parole ! rien à faire pour retenir, première fois que comme ça, sans les mains, sans une chatte à fourrer, sans voir, sans parler, sans y être vraiment, sans exister, il jutait, ah ! ça lui aurait arraché des cris et des sanglots s'il avait pas eu ce rôle de fantôme, de peinture ensorcelée à tenir, c'était grandiose et horrible, jouir comme un spectre, pendant qu'elle l'asticotait toujours, ça devait être terrible à regarder, les fusées qu'il envoyait, qui lui venaient du tréfonds des tripes, la Suze en avait peut-être bien pris partout, ou alors elle y mettait son pinceau, elle prenait à la source ou récupérait les coulées, et elle barbouillait avec ! Ah !!! Des idées pareilles ! Des trucs qui vous surgissent de derrière la tronche et vous prolongent l'orgasme jusqu'à en crever !!! Mais bordel ! Qu'est-ce qui lui arrivait, à Pedro ? Devenait dingue, ou quoi ? Se faire branler à coups de brosse, et larguer la sauce en faisant semblant de pas exister, d'être une image !!! Même dans les films les plus crades, il avait jamais vu ça ! Dans un film crade, d'ailleurs, la fille, elle se serait jetée sur la marchandise et elle aurait attaqué une turlute…

Il jouissait encore quand il sentit une ventouse chaude autour de son extase. Chaude, douce, enveloppante comme une bouche de nourrisson qui tète. Et c'était une bouche, et elle tétait. Le film continuait, c'était plus du fantastique, c'était du porno de base, mais bon Dieu que ça faisait du bien ! Il n'avait pas molli après des jets d'une intensité foudroyante et il durcissait encore. Cette fille le suçait, Suze, Suze-Suce le suçait, elle avait une langue vigoureuse et des joues comme une usine, et en même temps qu'elle aspirait sa queue comme pour en extraire un nectar essentiel, elle lui pétrissait les couilles, les lui tirait comme pour accompagner la traite, ici, là, ici, là, à pleines paumes, elle te les lui branlait, allongeait, étirait, que c'en devenait surhumain de pas rugir, de pas se propulser en avant pour lui attraper sous la jupe la crinière de la chatte, la lui séparer et lui fouiller la connasse à pleins ongles, putain, le tableau allait y aller du voyage et Pedro avec, cette meuf allait lui faire crever toute la toile, le trou à bite allait se fendre du haut en bas, un grand zip, et il aurait plus qu'à sortir de là-derrière comme un sorcier, le truc tout droit devant et gare !!!

La toile ne creva pas. Pas davantage. Pedro non plus, qui se vit arracher une seconde puis une troisième éjaculation. À la fin il mugissait tout bas, mais Suze ne l'entendait pas. À genoux, cramponnée aux bourses charnues auxquelles elle pensait avoir donné la vie, la bouche rivée sur le phallus merveilleux que son art seul avait su gorger et animer, buvant à la source le breuvage fantastique fruit d'une alchimie qu'elle avait inventée, elle vivait une sorte de transe. Le foutre de Pedro avant de couler dans sa gorge avait éclaboussé la toile en même temps que son visage et elle y voyait le signe de son union avec l'art, son œuvre et elle luisaient des mêmes onctions, du même ondoiement, le sperme mirifique, émis par sa créature, récompensait sa peine d'artiste, son application, sa patience, le doute et la frustration, toute cette douleur de la gésine créatrice, désormais elle ne peindrait plus qu'avec ça, la sève arrachée, à la force du pinceau, à ses œuvres de toile... Son évanouissement, qui tenait d'une forme d'épilepsie, permit à Pedro de quitter les lieux sur la pointe des pieds. Il pensait qu'elle simulait l'inconscience pour se tirer plus élégamment d'affaire, et joua le jeu. Mais remit tout de même le portefeuille subtilisé dans son sac à main.

Il essaya la nuit qui suivit de ne pas penser au lendemain ni à l'attitude qu'il faudrait adopter quand il la reverrait.

Il ne la revit pas. Elle fut admise dans un premier temps aux urgences psychiatriques, puis, vu l'obstination avec laquelle elle racontait la même abracadabrante histoire de toile animée avec laquelle elle aurait fait l'amour, on l'interna pour un long séjour.

Conditionnements en cascade

Le taxi descendait le boulevard. Il faisait beau, des promeneurs en tee-shirt déambulaient partout, le nez au vent, leur sac à dos les déguisait en randonneurs urbains, les Japonais photographiaient, on grignotait en marchant, la main dans un paquet de biscuits ou serrée sur un sandwich, on tendait une gourde au gosse, on s'attardait à l'étalage du magasin de souvenirs en soulevant et jaugeant chaque modèle de tour Eiffel, un petit vent faisait neiger des pétales blancs, il y avait une douceur de l'air, de la flânerie, qui me tentait, j'aurais aimé m'attarder, faire le reste du chemin à pied, mais j'avais mon train à 19 heures…

Et puis j'ai vu cette silhouette. Haute, droite, claire, piquée au bord du trottoir. Le hasard des feux rouges a voulu qu'on s'en approche par étapes successives, les arrêts du véhicule m'ont permis de la détailler peu à peu, m'en ont révélé les contours de plus en plus nettement, et mon regard piégé n'a pas pu se détacher du spectacle d'abord intriguant de ce type figé dans une drôle de posture. En fait, après deux stations devant des passages protégés, j'avais noté ses cheveux longs réunis en queue de cheval, sa figure brune, burinée, émaciée, sorte de faciès à la Don Quichotte, ses larges épaules sous un pull-over aussi blanc que sa coiffure. Au troisième arrêt, je compris qu'il pissait, campé interminablement à côté d'un abribus, face à la rue, et les voitures le frôlaient dans son exhibition indécente. De la fourche formée par ses jambes écartées jaillissait un jet doré qui arrosait la chaussée et les capots les plus rasants, ses mains réunies à la source de cette fontaine intarissable avaient quelque chose de si bizarre, de si peu naturel, que je ne pus en détacher les yeux. Elles semblaient conjointes pour une besogne sacrée, solennelle et précise, qui ne rappelait pas les mictions masculines auxquelles j'avais pu assister jusque-là.

J'étais intriguée au point de prier pour que le taxi stoppe à sa hauteur. Je fus entendue par un dieu ironique, qui immobilisa ma voiture exactement DEVANT l'exhibitionniste, mais trop peu de temps pour que je visionne tout à la fois : l'ensemble de son corps, l'expression de son visage, le détail de son vêtement écarté... Je n'eus que le délai nécessaire pour apercevoir seulement, mais la fixer à tout jamais dans mon esprit ébahi, l'image de son sexe fendu, ouvert, étiré vers le haut par deux index diligents et précis : le pisseur était une pisseuse ! Je n'avais jamais imaginé qu'une femme fût capable d'une telle prouesse, uriner debout, arquée comme un homme, habile à canaliser, diriger, propulser son jet si loin, si droit, si longtemps !... Le taxi était reparti très vite, trop, me laissant sur une frustration cuisante qui me fit me retourner sans vergogne pour tâcher d'apercevoir encore, par la lunette arrière, cet hallucinant numéro d'une artiste tranquille, savamment débraillée, sereine dans sa performance, indifférente aux regards suscités. En fait, je n'avais vu personne la regarder. Cécité d'une foule guidée par ses seules préoccupations ? Indifférence du peuple des grandes villes aux manifestations délirantes de marginaux de plus en plus nombreux ? Crainte ? Pudeur ? Gêne ? Refus des réalités du monde de la rue ?

Finalement, en une fraction de seconde, j'avais eu l'impression de faire une rencontre unique et éblouissante, et unique parce qu'éblouissante pour moi seule. Au moment où j'avais découvert la position délicate et ferme à la fois de ses phalanges dégageant de rives moussues le méat d'où jaillissait sa source, je m'étais sentie seule sur Terre avec elle, isolée du reste de l'univers par le spectacle qu'elle m'offrait, et par cette surprise de découvrir doublement son sexe, celui de son identité de femme, et celui de sa chair, rose vif, compliquée, redessinée par les besoins de sa miction. L'ordre des choses se bouleversait sous mes yeux, une femme pissait debout, son sexe allongé, étiré, semblait une bouche mince au rictus vertical, ses mains brunes travaillaient à une besogne qui relevait, plus que de la nécessité, de la provocation, et aussi de l'art, d'une sorte de folie magnifique qui la gardait loin des conventions, des réserves, des codes dictés par une société pudibonde aux lois artificielles et discriminatoires.

Le chauffeur n'avait rien remarqué. Du moins il n'avait fait aucun commentaire. Il était la seule personne avec qui j'eusse pu échanger ne serait-ce qu'une exclamation. Son dos résolument muet me confirma dans l'idée que je venais de me voir offrir par le Ciel le privilège d'une vision rare et précieuse, que j'emportais avec moi pour toujours.

*
* *

Trente minutes plus tard dans le TGV du retour, je pensais encore à elle. Je ne pensais d'ailleurs qu'à elle, sous l'impact d'un coup de foudre qui continuait à me frapper d'ondes de plus en plus violentes. Loin de s'affadir, de pâlir avec l'éloignement, l'image embarquée de cette déesse androgyne, si basanée dans son pull blanc, si visiblement détachée d'un contexte géographique, temporel, social, m'obsédait. Elle était sûrement native d'ailleurs, d'un continent de soleil, de terre brûlée, héritière de rites ancestraux pour appeler les éléments ou les implorer. Son visage de Péruvien d'une autre ère, de chef indien renseigné aux secrets tribaux, son grand corps sec et tonique, élégant dans la sobriété éclatante de sa mise, me hantaient. Moins que ses mains cependant, ses mains organisées pour la cérémonie, jointes dans la prière de la pluie, immobiles mais actives, ses mains fines, longues, osseuses, aux doigts disposés dans une absolue symétrie, avec leurs ongles pâles, ovales, appliqués à tenir, comme un rideau de part et d'autre d'une scène, les lèvres de sa fente allongées, étirées vers le haut, et, dans cet écrin improvisé, j'avais enregistré à toute vitesse tout l'intérieur du coquillage docile, sa pulpe lisse et nacrée, sa perle ponctuant l'improbable geyser, la fontaine miraculeuse qui défiait l'univers… Tout me revenait, me harcelait, les flashs se pressaient derrière mon front comme un troupeau débandé de bêtes impétueuses, ce que je n'avais pas vu, je l'inventais, je le devinais, je me sentais une telle capacité à imaginer le moindre détail, la moindre parcelle de cette apparition enfuie aussitôt que révélée, que, fatiguée de triturer encore et encore mon souvenir, harassée de le prolonger par mes propres divagations, j'en vins à incriminer mon surmenage, le rythme effréné que prenaient mes journées, et je gobai, suicidairement, une barrette entière de Lexomil.

Je passai le reste du voyage dans un état semi-comateux qui m'occasionna des rêves d'une indécence folle. Une vieille femme gardeuse de chèvres m'entraînait dans un champ de hautes herbes, troussait devant moi sa jupe longue et son tablier bleu, découvrant des jambes maigres gainées de grandes chaussettes de laine grise. Elle coinçait sous son menton le bord de ses cotillons, pour pouvoir, en écartant les cuisses et en ployant légèrement les genoux, séparer à deux mains les vastes pans d'une culotte fendue. Apparaissait alors son sexe couvert d'une toison blanche, entrebâillé par sa position. Elle y allongeait les doigts, l'ouvrait davantage, de plus en plus, jusqu'à presque l'écarteler, sa crevasse se mettait à ressembler à une horrible grimace, très rouge, distendue, et je mourais d'envie de m'y ruer pour y poser ma bouche. Mais une paralysie insurmontable me l'interdisait, tétanisant mes muscles, me gardant dans un étau qui figeait tous mes membres. La vieille riait en se tirant obstinément sur les babines, puis elle produisait un drôle de cri, une sorte de roucoulement strident, et une chèvre s'approchait pour lui brouter le cresson. D'abord je ne voyais que le dos et la queue de l'animal qui s'agitaient dans sa besogne goulue, puis, alors que je ne pouvais toujours pas bouger, le spectacle changeait de point de vue, et j'apercevais de profil la langue serpentine de la chèvre qui s'allongeait, se vrillait, entortillait les poils blancs comme des touffes d'herbe, les étirait dans une traction qui arrachait à la bergère des gloussements bestiaux, ou bien elle s'allongeait pour laper consciencieusement de bas en haut toute la longueur du sillon aplati, offert à sa gourmandise comme la pierre de sel dont raffolent les biques.

Une convoitise féroce me ravageait, j'enviais l'animal qui festoyait sous mes yeux, j'imaginais sur ma propre langue le goût salé, âcre, des muqueuses de la vieille, leur contact doux, leur odeur puissante qui rappelait le suint et l'urine du troupeau.

Et puis la chèvre lâchait son œuvre, reculait, guidée par je ne sais quel code magique, quel pacte préalable, et la vieille se mettait à pisser ainsi, debout, à peine pliée sur ses jarrets, le vêtement sous le menton et les doigts qui tenaient, tels les soufflets d'un accordéon élargi à l'extrême, les bords de sa chair écarlate. Mais le jet qui jaillissait de sa plaie grande ouverte était une sorte de lait, très blanc, crémeux, et, après avoir décrit un orbe impressionnant, il frappait le sol en bouillonnant et en moussant.

Puis je rêvais encore que je me soulageais moi-même, à la sauvette, debout dans un coin d'église où un impérieux besoin m'avait poussée. Ma jupe roulée en haut des cuisses, mon fond de culotte écarté, je tâchais d'accomplir la miction la plus discrète possible, car il y avait des personnes, ici et là sur les bancs, qui semblaient se recueillir, et dont je ne voyais que le dos. Mais mon jet, au lieu de suivre la loi de la gravité et de choir à la verticale, se mettait à fuser droit devant moi, dans un bruit trop évocateur de cataracte, et des visages se tournaient dans ma direction, des regards étonnés, indignés, courroucés, me prouvant que la pénombre était insuffisante à dissimuler mon sacrilège. Cependant, loin de ressentir de la honte ou de la gêne, et loin de me hâter d'en finir, j'éprouvais une excitation cuisante, une brûlure insupportable de tout mon sexe, et je me mettais à le parcourir, masser, étirer, fouiller tout en me pissant sur les doigts, et ma source semblait ne devoir jamais se tarir.

Cette dernière divagation de mon esprit fatigué me valut une belle émotion, car je m'éveillai au creux de mon fauteuil de TGV avec de tels fourmillements dans tout le bas-ventre, une sensation si intense de bien-être et d'alarme ensemble que je crus m'être oubliée et inondée dans mon sommeil. Ce n'était heureusement pas le cas, mais je sentais une pression urgente de ma vessie et de toute ma vulve et je me ruai aux toilettes, y déboutonnai mon pantalon avec précipitation, baissai ma culotte, m'assis... Et là, sur ce trône chromé que je n'avais même pas pris le temps d'essuyer, selon mon habitude, de plusieurs passages de papier hygiénique, je compris que je n'étais pas dans mon état normal. Que peut-être je ne le serais plus jamais. En tout cas qu'il me faudrait très longtemps pour conjurer le délicieux traumatisme que m'avait valu la rencontre fulgurante, ébahissante, avec ma splendide pisseuse du boulevard Saint-Germain. Car impossible de me soulager, après pourtant de longues minutes de concentration et d'efforts stériles, et je dus me rendre à l'évidence : je sentais l'absolue nécessité, pour libérer mon ventre, de me mettre debout dans l'exacte position où j'avais vu ma muse ! L'affaire ne fut pas simple, car, ayant peur, par manque d'entraînement, de mouiller mon linge, j'estimai plus prudent de me déshabiller complètement le bas du corps. Mon pantalon était serré aux chevilles, je dus quitter mes chaussures pour l'ôter, puis je quittai aussi ma culotte, pendis le tout par-dessus mon sac au crochet prévu à cet effet, et me campai enfin face à la cuvette, jambes écartées, mains diligentes à disposer ma fontaine, à écarquiller ma fente, à tirer verticalement sur les touffes qui la bordaient pour allonger mon sexe comme je l'avais vu faire à mon admirable égérie. Mais la manœuvre se compliqua sous l'effet de plusieurs facteurs. Le premier étant ma maladresse de néophyte, je commençai par me tremper les doigts et l'intérieur des cuisses. Or mon envie était si forte qu'une fois amorcée, je ne pouvais plus stopper l'opération, endiguer le flot impétueux de ma miction. J'en étais à un point de non-retour qui pouvait aussi s'entendre au sens sexuel du terme car je m'étais mise à jouir sitôt les doigts posés sur ma chair, et entraînées par le tourbillon irrépressible d'un plaisir fou qui déferlait en moi, mes phalanges ne se contentaient plus d'un rôle de présentation et d'organisation de la scène, elles dansaient éperdument sous la pluie, tremblaient sur mon bouton, vibraient autour de mon méat, transformant mon geyser en jeux d'eau fantaisistes et pétulants dont les caprices ajoutaient encore à mon émoi. Jamais je n'avais connu d'orgasme aussi violent, ni aussi torturé, car il me fallait garder l'équilibre, sans le secours de mes mains requises à leur prestation obscène, non seulement dans les secousses du plaisir, mais dans celles du train qui à cet instant précis, comme malignement, soubresautait dans sa course.

Puis, complication suprême, la porte des toilettes, que j'avais dû mal accrocher dans ma hâte à m'enfermer, s'ouvrit. Je lui tournais le dos, mais m'en aperçus au bruit, au léger courant d'air aussi qui me caressa les fesses. Une fraction de seconde, j'eus l'espoir que celui ou celle qui me découvrait là, mû par un souci de discrétion, allait recoulisser la porte illico. Mais le courant d'air s'éternisait, je finis par jeter un œil par-dessus mon épaule, puis par me retourner tout à fait, hagarde, essoufflée, demi-nue et toujours employée à me déformer la chatte à pleins ongles. Un cahot du train eut raison de moi, je lâchai mon affaire en envoyant des mains affolées qui tentaient de trouver un appui, chancelai dangereusement, et le type qui me considérait m'offrit le charitable secours de sa dextre pour m'éviter de partir à la renverse dans la cabine exiguë. Un réflexe de sauvegarde m'obligea à la saisir, je m'y accrochai avec une énergie démesurée, qui disait assez dans quelles bizarres transes je me trouvais. J'avais sûrement l'air d'une folle, à moitié à poil, les yeux perdus, comme hallucinés d'une vision extatique, la bouche ouverte pour crier silencieusement mon plaisir et ma confusion à la fois…

Le gars resta ainsi un moment, la main ferme à me retenir au bord du vertige, et je devais, trempée que j'étais, la lui avoir conséquemment humidifiée, il me contemplait dans ma débauche avec une expression indéfinissable, étonnement, incrédulité, vague admiration plutôt que scandale, un rien d'inquiétude aussi. Il finit par dire « Ça va ? », par me lâcher, par refermer la porte.

Je la verrouillai derrière lui, et reprenant tout de même pied dans la réalité, me rajustai en vitesse, perturbée par l'idée que j'allais peut-être le revoir dans le couloir, ou au hasard d'une place qu'il occupait sans doute dans la même voiture que moi. Mais je pus regagner mon fauteuil sans avoir croisé son regard, et me crus épargnée.

Ce n'est que quelques minutes avant l'entrée en gare de la Part-Dieu que je sentis une main sur mon épaule. C'était lui. Il me tendait une carte de visite. Il souriait. Il avait l'air très doux.

– Tenez, me dit-il gentiment. Ça peut toujours servir.

Sur le carton, il y avait son nom, auquel je ne prêtai pas plus d'attention qu'à son prénom, son adresse, deux numéros de téléphone, mais surtout ce double titre : Docteur en psychiatrie et neurologie.

*

* *

La carte de visite resta quelques semaines sur la console de l'entrée, peu à peu recouverte de factures, de notes diverses et de courrier que je n'ouvrais même pas. Je n'allais pas bien. Dormais mal. Rêvais surtout. Des rêves pénibles et tous, tous, sur le même thème. J'en arrivais à les noter :

Vendredi : un groupe d'hommes jeunes m'attendent nus dans une pièce, sans que je sache pourquoi. Ils sont beaux, musclés, leur chair claire demeure un peu floue, tous portent les cheveux longs réunis en catogan sur leur nuque. Ils sont assis jambes croisées. Quand ils se lèvent, je ne vois pas leur sexe, seulement une fente glabre. Pourtant je sais que ce sont des hommes. Des hommes à sexe de femme…

Samedi : je passe dans une rue inconnue et me sens soudain la tête mouillée. Je n'ai pas de parapluie. Je lève les yeux pour jauger la gravité de l'averse. Il ne pleut pas, il y a seulement une femme là-haut qui a enjambé son balcon, elle se tient de deux mains jetées en arrière à la rambarde, et, accroupie comme une gargouille et les jambes très ouvertes, elle me pisse dessus.

Dimanche : Denis est là, il se déshabille dans la salle de bains, je l'attends au lit, je brûle d'une étrange envie, car je viens de l'embrasser dans le cou et sa peau m'a paru d'une infinie douceur, très comestible, fondante et rebondie, mais il s'est dérobé, m'a laissée sur ma faim, et à présent cette fringale me ravage, je vais le bouffer tout entier, non, je vais lui bouffer la bite, c'est de ça que j'ai besoin, de sa bite tendre et dure, que je prendrai dans ma bouche comme un gros bonbon, vite ! Denis ! Grouille ! Mais quand il revient, il écarte des mains fatalistes et me présente son bas-ventre castré, il n'a plus rien sous le pubis, rien qu'une fente lisse, il dit, d'un air d'étonnement amusé : « Dingue ! En pissant ! Ma queue s'est détachée ! Tombée aux chiottes ! » et il rit. Une horreur incrédule s'empare de moi, j'envoie des doigts fureteurs, il me fait marcher, c'est pas possible, il se l'est coincée entre les cuisses, je vais la sentir là-derrière, sous ses fesses, lui choper le museau, tirer dessus en le traitant de con ! Mais rien, rien entre ses jambes, rien sous ses fesses, il l'a perdue, mais vraiment perdue, une angoisse folle m'étouffe, je m'exclame : « Mais comment tu vas faire ? », je dois avoir l'air si égarée, si désemparée, il s'amuse de ma panique, il reste là, debout devant moi, allonge à deux doigts le sillon qui lui partage le pelvis et déclare tout guilleret : « Mais comme ça ! » en projetant un jet qui vient me mouiller les genoux…

Ce dernier cauchemar, c'était peut-être ma soirée ratée avec Denis qui me l'avait inspiré. Parce qu'avec Denis, ça n'allait plus non plus. Impossible de faire l'amour normalement. J'entends par « normalement » comme d'habitude. On n'était pas des cadors de la chose, mais pas des ratatinés non plus. On soignait les préliminaires, variait les positions, prenait du plaisir à des situations parfois pimentées, à baiser sur la terrasse ou dans l'ascenseur, on matait des films de cul pour s'ouvrir l'appétit, on se disait quelques belles et savoureuses cochonneries pendant les étreintes et on jouissait souvent au même moment avec une plénitude qui nous laissait l'un comme l'autre apaisés, contents, reconnaissants et tendres. Bref une sexualité sans problème…

Mais depuis mon dernier voyage à Paris, je n'étais plus la même. Denis l'avait compris et j'en étais parfaitement consciente. Je n'arrivais plus à l'orgasme avec autant de facilité, et d'ailleurs, je n'y arrivais presque plus. Ou alors si laborieusement que ça nous fatiguait tous les deux, lui parce qu'il multipliait les caresses, essais, approches, changements de rythme, variations dans le vocabulaire et les intonations, innovations de gestes et d'audaces, et moi parce que je m'appliquais si fort que la concentration empêchait l'abandon, la pression m'accablait et je soupirais non plus d'aise et de volupté mais de contrariété. Quand je finissais par jouir, c'était minable et frustrant comme le chuintement d'un pétard mouillé, et du coup, Denis aussi lâchait tristement de pauvres fusées qui ne lui arrachaient aucun gémissement.

– Qu'est-ce qu'il y a ? Tu as quelqu'un d'autre ? C'est ça ?

Rencontré quelqu'un à Paris ? Je ne te séduis plus ? J'ai fait un truc qui t'a déplu ?

J'avais beau lui expliquer que j'étais crevée, il avait du mal à gober que mon seul état général était responsable de ma nouvelle apathie sexuelle. Et le dernier samedi soir que nous avions passé ensemble s'était avéré catastrophique. Je m'étais relevée dix fois au milieu de nos tentatives pour me précipiter aux toilettes, il avait d'abord diagnostiqué une gastro, ce qui m'avait fait rire, je lui avais révélé :

– Mais non, j'ai juste envie de faire pipi !

– Alors c'est une cystite !

– Pas du tout ! Je ne me sens pas malade, pas de fièvre, pas de douleur, rien !

– Ça ne veut rien dire, tu devrais consulter quand même. Une infection, ça peut passer inaperçu, au début !

Je m'étais agacée.

– Tu sais toujours tout mieux que tout le monde ! Pourquoi t'as pas fait médecine ?

– Et toi, pourquoi tu fais l'autruche ? Tu ne veux pas te rendre compte que tu es malade ! Si tu laisses s'installer un sale truc, on est mal !

– Dis, mais c'est pour moi que tu t'inquiètes, ou pour toi ? T'as peur de tremper ta queue dans les microbes ?

On en était resté là. Il s'était rhabillé en faisant la gueule, il avait dit :

– Fais-moi signe quand tu iras mieux.

Et comme il ouvrait la porte, il s'était ravisé, retourné, avait désigné son front de son doigt pointé :

– Je veux dire : là-dedans ! C'est surtout là que ça va mal, à mon avis !

J'avais ironisé :

– Oui, c'est ça, merci docteur !

Là-dessus une nuit solitaire et ce cauchemar tordu où Denis perdait sa queue dans les chiottes sans s'en inquiéter plus que ça… Le dimanche après-midi, quand même, il sonne à ma porte.

– Reste pas dans ton coin, viens faire une petite balade sur les quais, t'as pas envie de boire un verre sur une péniche ?

J'ai eu un regard vers la fenêtre :

– T'as vu ce qui tombe ? Allons plutôt dans ma chambre, finir ce qu'on avait commencé hier !

Son air embarrassé m'a amusée.

– Modère ton enthousiasme !

– Je ne voudrais pas que tu te forces pour me faire plaisir, ou dans je ne sais quel but… J'ai tellement l'impression qu'en ce moment…

Je l'ai attrapé par son pull et deux minutes après on était au lit. Nus et l'un contre l'autre. Puis l'un sous l'autre. Puis l'une sous l'autre. Puis l'un derrière l'autre…

– Je sais pas comment je suis bien, Denis !

– Tu vois qu'on aurait mieux fait de sortir !

– Non, attends ! Attends, on essaye encore un truc, on se met debout, et tu me prends comme ça !

– Comme ça ? Face à face ? Mais c'est pas possible ! Tourne-toi, au moins, ou baisse-toi, ou… je sais pas moi, comment je peux entrer si tu restes toute droite ?

– Débrouille-toi !

– Écarte les jambes ! Plus ! Non, pas tant finalement, tu es trop basse ! Et je te signale que ton vagin est loin, tu l'as pas collé devant comme le nombril. Faudrait que j'aie une bite en crochet pour le trouver !

– Et comme ça ? Tu le sens pas plus près ?

Je m'étais mise à me tirer sur le haut des lèvres à m'arracher les poils, je sentais toute mon intimité qui remontait, remontait, mais en même temps, mon sillon s'amenuisait, mon con rétrécissait, tout devenait différent, moins profond, plus fermé… Denis tenta d'y glisser sa queue. Il bandait bien, dru et décalotté, humide et luisant comme j'aimais, légèrement cintré comme un doigt qui appelle, il fléchit un peu les genoux, amorça à plusieurs reprises la manœuvre, mais se heurta le gland à ma meurtrière qu'il poinçonnait à l'aveuglette, et finit par se lamenter :

– Putain, mais c'est carrément pas possible, qu'est-ce que tu me fais, là ? C'est quoi cette nouveauté de te claquemurer la tirelire, j'ai pas de monnaie à te glisser dans la fente, j'ai qu'un gros billet, on n'y arrivera pas !

Je le suppliai gentiment :

– Essaie encore, s'il te plaît ? Une toute petite fois ? Moi ça m'excite beaucoup, de te sentir glisser tout le long, et chercher la route et…

– Mais je glisse pas, ma belle, je glisse pas, je racle ! Tu mouilles même pas !

C'était le mot à ne pas dire. D'entre mes doigts le jet fusa, tonique et chaud, je ne l'avais pas vraiment commandé et je n'avais pas envie de l'endiguer. Contre moi, Denis qui me tenait sous les fesses eut un sursaut, et même un recul, avec ce cri effaré :

– Qu'est-ce que c'est ?

Mon urine lui coulait sur la bite et les cuisses, rien que cette idée me rendait folle de plaisir, je me mis à jouir accrochée d'une main à sa nuque, l'empêchant de se soustraire à mon contact dégoulinant, mon autre main, entre nos deux ventres, travaillait toujours à étirer ma chair, à cramponner ma toison, à façonner la rigole de la volupté, longue, longue et mince, et sensible comme jamais, brûlante d'un désir assouvi aussitôt qu'éprouvé et renaissant sans cesse dans l'effort de ma cataracte inépuisable. Et dans ma tête à ce moment précis, sous mes paupières que l'orgasme crispait, l'image splendide de ma prêtresse parisienne s'imprima, officiant à montrer, avec sa vulve sculptée pour la cérémonie, son immense mépris des lois du monde, et à lui pisser dessus. Le souvenir me galvanisait, mon plaisir ne finissait pas, et m'empêchait de sentir la débandade effarée de mon acolyte, qui enfin s'arracha à mon étreinte avec cette clameur d'intense scandale :

– Qu'est-ce qui te prend ?!!!

Un moment plus tard, après une douche que nous n'avions même pas partagée, nous soupirions, chacun sur un bord du lit.

– Bon, je n'ai rien contre certaines… disons « petites fantaisies », commença Denis d'un air embêté, mais tu m'as pris au dépourvu. Tu aurais dû me prévenir. Non, je ne suis pas dégoûté. Surpris, quand même, ça oui. Il y a de quoi, tu avoueras. Tu ne m'avais pas donné l'habitude…

– Je ne pouvais pas te prévenir, Denis, ça m'est venu comme ça ! Une sorte d'inspiration fulgurante… Et puis tu ne vas pas regretter que je trompe l'habitude ! D'ailleurs, à notre âge, l'habitude, c'est… horrible !

J'avais cherché un adjectif qui dise à la fois ma réprobation, ma crainte, mon espoir aussi d'échapper, de croire échapper, avec lui, à la routine castratrice. Je n'avais trouvé que celui-là, fadasse et excessif à la fois : « horrible », et Denis s'y méprit qui crut déceler dans mon choix une révolte d'amoureuse déçue et lassée.

– Tu t'emmerdes avec moi, quoi ? résuma-t-il tristement.

Je finis par lui lâcher l'histoire de ma découverte parisienne, lui décrivant avec sans doute une emphase troublante –et troublée– ses gestes de prêtresse, et son physique singulier, sa carrure androgyne, son teint cuivré, son faciès buriné, ses longs cheveux blancs attachés, tout le charme mystérieux et puissant qui émanait de sa personne improbable.

– Tu vois, quand tu m'as dit : « Il y a quelqu'un, tu as rencontré quelqu'un à Paris », tu n'étais pas si loin. Je l'ai vue quelques secondes, et depuis, elle me hante. Je vais même te l'avouer, tout à l'heure, il a suffi que je pense à elle, je me suis mise à jouir comme une folle !

Il y eut un silence.

– Bref, finit-il par conclure, c'est devenu un fantasme !

– Si on veut…

– Si on veut… Si on veut… Moi, perso, je ne veux rien. Ça m'amuse pas des masses de penser que pour prendre ton pied avec moi, tu es obligée de te passer l'image d'une vieille momie parcheminée qui pisse debout.

– Tu préfèrerais que je pense à Brad Pitt ?

– Je préfèrerais que tu ne penses à personne qu'à moi, comme avant.

– Qu'est-ce que t'en sais, que je pensais à personne ?

Il partit encore fâché, comme la veille. Je ne tentai pas de le retenir, désemparée moi-même par cette évidence qu'il ne pouvait rien pour moi, que le mettre dans la confidence de ma chère obsession n'avait servi qu'à l'exaspérer davantage et donc à me claquemurer dans la solitude obligée de ma névrose. Car c'en était une. Encore ne lui avais-je pas révélé que depuis mon retour de Paris, je ne pouvais plus uriner que debout, la chatte étirée jusqu'à la déchirure, que cette douleur engendrait un orgasme, et que le fait de seulement l'envisager me ravageait d'excitation.

Mon médecin traitant était une femme, ce qui m'encouragea à prendre rendez-vous pour lui décrire, partiellement du moins, mes symptômes. Elle prenait des notes tandis que je lui parlais, la tête baissée sur son papier, posait une question de temps en temps :

– Difficultés, dites-vous, à uriner ?

– Oui, je suis obligée de…

– De pousser ?

– Euh… Non, de tirer !

– De tirer ?

Elle avait relevé la tête. Ses lunettes me considéraient avec perplexité.

– Oui, enfin, je… Je m'arrange !

Elle tordit la bouche, recentra son attention sur son carnet.

– Des brûlures ?

– Un peu.

Je sentais qu'elle se fourvoyait, et elle avait des excuses. Je ne lui disais pas tout, elle le savait, mais était loin de se douter de la véritable origine de mon mal. Qu'étais-je venue chercher exactement dans son cabinet ? Qu'elle élimine déjà, peut-être, d'éventuelles causes organiques ?

Je respectai donc sa prescription, analyse d'urine avec compte de germes et antibiogramme, on verrait pour la suite d'après les résultats.

On se doute que le simple fait de recueillir mes urines pour l'analyse s'apparenta à un exercice de haute voltige. Je dus d'abord me mettre en condition, à savoir me cramponner, debout et de la main gauche, le haut du sillon, m'allonger vigoureusement les lèvres, me concentrer sur ma mission – ma miction –, revoir à toute vitesse sous mes paupières la scène de ma muse en train de se faire gicler, entamer moi-même un jaillissement qui, inéluctablement, amena un orgasme, et, tout en jouissant, viser le réceptacle stérile que je tenais devant moi de la main droite. Heureusement, j'étais chez moi, l'opération vira à la grande dégoulinade, volupté gâchée, jet mal dirigé, flacon tremblant dans ma dextre crispée... Je pus tout de même l'honorer de quelques gouttes qui suffirent au laboratoire pour établir que je ne souffrais d'aucune infection.

– Si les symptômes persistent, il faut passer une cystographie ! déclara la toubib.

Elle avait un drôle d'air, presque revanchard. Elle devait s'imaginer que je m'étais bricolé le méat, et introduit un objet à visée libidineuse.

– Vous pensez que je pourrais avoir une malformation ? demandai-je, et je sentais presque un espoir lénifiant m'envahir.

Elle fit juste « Mmm... » en avançant le menton.

– Non visible de l'extérieur ? insistai-je.

Elle prit la pétoche.

– Ça ne servirait à rien que je vous examine. Vous ne vous êtes pas blessée ?

– Blessée ?

– Oui, en faisant du sport, par exemple, de la danse, du vélo, du cheval… Ou bien un rapport un peu hardi… Ou…

J'étais repartie avec mon ordonnance pour la cysto.

Alors, là, la cysto, autre grande affaire !

D'abord on me nantit de deux litres d'eau qu'on me pria de boire dans la salle d'attente où l'on m'avait introduite.

Ensuite une infirmière me mena à une cabine, me demanda de m'y déshabiller, revint m'y chercher tout en m'expliquant la procédure :

– L'examen consiste à prendre des clichés pendant tout le temps que dure la miction. Vous vous mettez là, on vous donne le feu vert depuis la régie là-haut, puis on vous fait interrompre votre jet, puis recommencer et ainsi de suite jusqu'à ce que vous n'ayez plus rien à produire…

La chose me surprit d'abord et choqua ma pudeur. J'étais nue comme un ver devant un nombre incertain de personnes que j'entendais bavarder derrière des vitres fumées au-dessus du cabinet, lequel cabinet méritait doublement son nom pour ce qu'il était muni d'une cuvette sur quoi on me pria de m'installer à cheval. Mais ma gêne émanait surtout du fait que mon handicap récent risquait de transformer la séance en une étrange séquence pornographique, parce que, si j'arrivais à me motiver suffisamment pour arroser leur bidet, il y avait fort à parier qu'un orgasme accompagnerait la manœuvre, à moins que l'idée de me donner en spectacle ne me tarisse tout à fait et la source du plaisir et celle du besoin…

Une voix d'au-delà des vitres vibra, déformée par le micro :

– Si vous êtes prête, nous aussi, allez-y quand vous voulez !

Début du calvaire. L'eau ingurgitée commençait pourtant à me tarauder la vessie, mais je restai sèche et stérile malgré tous mes efforts de concentration.

– Ce n'est rien, ça arrive souvent, les patients sont bloqués. Détendez-vous, on va faire couler de l'eau.

L'infirmière revint dans mon périmètre, actionna le robinet d'un évier. J'entendais le chuintement du flot, le glouglou de la bonde qui l'absorbait, je perçus même qu'elle ouvrait la vanne plus largement, augmentait le débit. Mon ventre souffrait, ballonné et tendu, des fourmis d'impatience me tracassaient le pelvis, les reins, je sentais la brûlure de l'urgence dans tout le trajet du canal de l'urètre, je sentais l'affolement de mon méat qu'on aurait dit prêt à exploser et... rien ! Pas une goutte, même pas l'espoir d'une minuscule ouverture, j'étais claquemurée par la honte, ou peut-être par cet absurde conditionnement qui m'était venu, qui m'interdisait de lâcher la moindre larme si je ne me massacrais pas la chatte en lui arrachant les crins, en lui distordant la gueule. Une angoisse affreuse m'envahit : j'allais éclater sous la pression de ces deux litres de flotte que j'avais connement ingurgités et qui me ravageaient les viscères et m'enflaient les tubulures, j'allais éclater là, sous les yeux de ces invisibles observateurs à mille lieues de se douter de mon drame personnel, merde ! qu'est-ce que j'étais venue foutre dans ce traquenard, qu'est-ce que j'étais venue chercher, hormis la confirmation que j'étais irrémédiablement tordue, que plus jamais je ne pourrais pisser normalement, je le savais déjà, et c'était très bien comme ça, quel mal y avait-il, quel vrai problème, à m'escagasser la barbagnasse en solitaire, à me tripaturer la gargoulette, du moment que je me soulageais, et même plus, que je m'envoyais en l'air à tous les coups, ah ! rien que d'y penser, rien que d'entrevoir comme ç'aurait pu être bon d'ouvrir les écluses, de larguer toute cette flotte, le jet aurait duré interminablement, et quel pied ! Un pied assorti, sans fin, qui aurait irradié ma fente longue, longue, mince, une fissure, un fil, un cheveu, et le jet serait parti de là droit devant, mince aussi, rétréci par la finesse de la rigole, un truc géant, à me rendre hystérique de volupté !... Et peut-être que, à l'instar de ma merveilleuse prêtresse parisienne, j'aurais eu le stoïcisme, la force d'âme de n'en rien laisser paraître. Parce qu'elle aussi, si ça se trouve, elle jouissait à flots, là, sur ce bord de trottoir, et ses trait impassibles semblaient figés pour l'éternité dans une méditation, une contemplation intérieure qui lui faisaient un visage de bois cuivré…

Et soudain, de penser à tout ça et surtout à Elle, ça m'a prise. Ils ne mouftaient toujours pas là-haut, dans le cockpit scientifique, respectueux de ma concentration, et la drôlesse en blouse blanche qui modulait le chant du robinet, qui me faisait les jeux d'eau de la villa d'Este, ne me regardait pas par discrétion, je fixais son dos sans le voir, tout habitée de la tentation qui venait, torride, magnifique… J'ai cramponné ma tignasse pubienne avec une ardeur désespérée, et hardi ! je me suis remonté le pubis à me le décoller, et tire et tire et tire encore, je sentais mon sexe se déformer, ce n'était plus un abricot, c'était une prune, une de ces longues prunes violettes qu'une raie indécente partage sur leur longueur, non, c'était… un melon, un melon jaune, très ovale à chair ferme et juteuse, un melon fendu du haut en bas, et l'entaille nette, très fine, laissait perler son jus doré, son miel, son or… Ah !!! Enfin, enfin je giclai, éblouie, émerveillée, dansant sur place et me cramponnant à ma crinière comme j'aurais chevauché une monture fringante, c'était mon plaisir qui caracolait, et je l'empoignais à pleines mains, complice, fervente, baignée d'une gratitude radieuse, et loin devant moi, la fusée blonde de ma victoire traversait la pièce, allait chanter en mouillant les pieds de la pauvre tripoteuse de robinet retournée vers moi, interloquée…

En haut dans le bocal, ça renaudait :

– C'est bon, arrêtez ! Une petite pause s'il vous plaît ! Stop ! STOP ! Vous recommencerez après !

Mais je me foutais pas mal de leur faire le clignotant du méat, le stromboscope de la pissade, ma jouissance m'emmenait par la barbe, je venais de dépasser la cuvette et d'involontaires soubresauts me jetaient ici et là, toujours jaillissante et fusante, toujours convulsée de la main sur ma chair martyrisée et bienheureuse, toujours gémissante, râlante, grimaçante d'un rictus qui acheva de fourvoyer mes examinateurs.

– Mon Dieu ! s'exclama la fontainière en s'approchant pour sans doute me soutenir dans mes affres, c'est si douloureux ? Vous êtes vraiment un cas !

– RRRRAAAA !!! répondis-je en lui pissant sur les godasses. Et je me laissai choir au sol, foudroyée de bonheur.

L'examen, bien sûr, n'avait guère été probant, les toubibs s'étant vus empêchés de me photographier la plomberie par mon indocilité et surtout le fait que j'avais quitté très vite le flanc de l'appareil pour m'adonner à une petite cavalcade dont ils ignoraient, et c'était tant mieux, qu'elle m'avait conséquemment esbaudi l'hémisphère sud. Eux avaient cru, comme la doctoresse ès évier, que je souffrais abominablement, et m'avaient demandé de me prêter à une nouvelle investigation, sous anesthésie cette fois. J'avais acquiescé pour la forme, et m'étais tirée de la clinique avec le soleil clandestin de mon giga-orgasme sous ma jupe et le sentiment très net qu'en matière de stoïcisme et d'emprise sur mes réactions, j'avais encore du chemin à faire pour égaler ma déesse impavide.

*
* *

Denis avait beaucoup de solides qualités. D'abord, il était beau mec. Il faisait bien l'amour, à l'aise dans son corps comme dans le mien. Ensuite, il avait oublié d'être bête. Et son intelligence pragmatique, sa logique, son bon sens ne le privaient pas d'une certaine intuition. Enfin, je crois que c'était vraiment quelqu'un de bien, avec une morale, une fidélité à ses idées et à ses relations, et un cœur sensible et généreux. Une sorte de prince charmant, en fait, et je ne m'en étais pas rendu compte jusqu'alors. Comme je n'avais pas prévu qu'il pourrait me manquer s'il disparaissait soudain de mon horizon.

Je broyais donc du noir, après une semaine de silence de sa part, hésitant à décréter si je devais ma morosité à son absence ou à mon nouvel état, hyperexcitabilité, émotivité à fleur de vessie, orgasmes à répétition, fantasmes d'ondinisme et fièvre rénale. Je me sentais seule avec ma hantise, personne n'avait su me conseiller, et c'était justice, puisque je n'avais rien expliqué du tout de mes réels tracas aux médecins que j'avais rencontrés. Seul Denis avait été honoré de mes confidences, encore m'étais-je montrée très réservée. Je regrettais à présent de ne pas avoir été plus loin dans mes révélations, lui sans doute m'aurait peut-être vraiment aidée. J'en étais là de mes ruminations quand mon interphone émit son petit ronflement familier. « Je suis en bas, dit Denis. Tu m'ouvres ? »

Je lui ouvris. D'abord ma porte, puis mes bras, enfin mon cœur. Assise contre lui dans le canapé, bien calée dans l'asile de son coude plié pour m'accueillir, je murmurais contre sa chemise qui sentait bon la lessive. Je lui dis tout. Que la femme entrevue à Paris m'avait d'abord obsédée, mais que son image, qui ne pâlissait pourtant pas, ne me venait plus systématiquement que dans les moments passionnés de mes divagations et auto-manipulations, qu'ainsi pendant ma radio, j'avais pensé à elle à la dernière seconde d'une sorte de rêve éveillé, que du coup je m'étais masturbée follement sous les yeux de l'équipe médicale, parce que ma vessie distendue me promettait une exaltation extraordinaire au moment de sa libération, mais aussi parce que je m'étais représenté la divine métèque dans l'exercice de sa démonstration, et que cette dernière perspective avait achevé de guider ma main et présidé à ma débauche. Que j'avais l'impression d'un accident arrivé dans ma vie, dont d'abord je n'avais pas mesuré toute l'ampleur, mais dont les conséquences ne cessaient de se dérouler, de se compléter et amplifier et que l'angoisse m'étreignait en pensant à mon avenir sexuel, qui risquait fort de se voir voué à la solitude parce que…

– Parce que ?

– Mais, tiens, cette question ! Parce que, tu as bien vu, ça devient compliqué, je ne suis plus comme avant, j'ai besoin de… d'une mise en scène particulière, de gestes bizarres, de…

– Tu as besoin, je crois, de repos. Mais aussi de quelqu'un de gentil, qui t'écoute, qui cherche à te comprendre, qui ne te juge pas, qui te dise simplement comment il voit les choses.

– Et tu crois que ça se trouve comme ça, toi, ce genre de type ?

– Je suis là ! dit-il sobrement.

Les choses, il les voyait ainsi :

– Il ne faut pas que tu passes cet examen qu'on t'a prescrit. C'est lourd, une anesthésie générale, et de toute façon, ils ne verront rien de plus. Physiquement, biologiquement, je suis maintenant sûr que tu n'as rien. Si tu dois consulter quelqu'un, à mon avis, c'est un psy. Mais il faut que tu en éprouves vraiment l'envie, et même la nécessité. Si tu peux, si NOUS pouvons gérer la situation tranquillement, apprivoiser la nouvelle donne de tes… disons fantasmes, alors, pourquoi se compliquer l'existence ?

Dans la baignoire. Debout. Nus. Il est derrière moi. Sa queue sous mes fesses se promène langoureusement, balaie de droite à gauche, de gauche à droite les courbes jumelles qui se prêtent à la caresse. Je sens qu'il bande bien, son gland décalotté, humide, s'appuie de plus en plus fermement sur ma chair réceptive, s'y écrase le nez, s'y mouche, la trace de son passage ému ne sèche pas tout de suite, me zèbre doucement la peau d'un réseau frais qui me donne des frissons. Il a pris mes seins dans ses grandes mains, il les tient bien, les serre contre ses paumes, les aplatit sans violence, son souffle dans mon cou devient très chaud et bouleversant, je piaffe, remonte des épaules chatouillées, offre un oreille sensible, puis l'autre, m'offusque instantanément parce qu'il fait mine de me mordre, il allonge des lèvres de bouc pour me brouter les cheveux de la nuque, il me lèche le haut du dos d'une langue chaude et follement douce, ses pouces viennent de trouver mes mamelons, les flattent, les dessinent, les écrasent suavement, je bande autant que lui, des deux bouts, ma poitrine soulevée de soupirs, gonflée d'émoi, voudrait se tendre comme une figure de proue, mais je ne peux guère bouger, plaquée que je suis contre son torse, son ventre d'homme, par la puissante entrave de ses bras possessifs, il vient d'insinuer la pointe de sa langue dans mon oreille, je gémis d'un merveilleux effroi, et cette pointe, c'est comme une clédans une serrure huilée, ça m'ouvre du haut en bas, me fend, me partage, me creuse, me fouille, le désir trace son chemin dans mon ventre, descend entre mes cuisses, dilate la pulpe de mon fruit, mes reins se cambrent, mes fesses se donnent, mes genoux plient, mes jambes s'écartent, derrière moi Denis accompagne ma chorégraphie, descend un peu aussi sur ses jarrets, sa bite éperdue pousse de la truffe vers mon terrier, une de ses mains a lâché mon sein, elle se faufile sur mon pubis, fourrage dans mes poils, débusque le sillon trempé qui l'accueille avec ferveur, l'attente du plaisir m'est déjà un plaisir, je recule fiévreusement contre lui, ondulante et frémissante, avide de le trouver, de le coiffer, de le gober, il m'aide dans ma quête, affermi pour l'assaut, ondulant aussi à la recherche de mon con, sa deuxième main vient à la rescousse, farfouille mes broussailles, les coiffe, les sépare, il va y être, il y est, d'abord son doigt, qui bouge, s'allonge en moi, reconnaît bien tout, les bords moelleux, le lit très souple, consentant, pulsatile, son doigt éprouve le doux, le large, l'étroit, le tendre, le chaud, et moi je gémis de convoitise, mets ta queue, Denis, j'ai trop envie ! et je la devine, dressée pour m'éperonner, fendue profond par la fringale, toute baveuse d'espoir fou, la voilà ! elle glisse bien, me remplit bien, me malmène un peu, me brigande, bat contre mes digues… Et soudain, comme elle a toqué trop fort du nez contre ma vessie, tout bascule, tout me fuit et me revient, me submerge, me navre, m'éblouit, m'emmène !… La prêtresse est là, sous mes paupières, grande dans sa majestueuse exhibition, blanche de crinière domptée, de tunique solennelle, son visage de vieux sage indien offre des yeux noirs sans regard, ses mains brunes, rassemblées pour la cérémonie, présentent son sexe en le distendant, la pluie ambrée de son sacrifice jaillit du carrefour sacré où sa condition féminine accède aux privilèges virils, elle devient une idole androgyne, un dieu sans pénis, sculpté d'une balafre longue et rouge, d'une blessure qui crache de l'or pâle, elle devient une reine altière, orgueilleuse de ses trésors, de cette pulpe de coquillage qu'elle façonne, dissimule et révèle ensemble, et moi je rêve de lui ressembler, et mes doigts s'acharnent dans la divine manœuvre, crispés, cruels, ivres du désir de dépasser ma féminité, de la sacraliser...

Derrière moi, mon amant murmure d'une voix que la passion éraille :

– Vas-y ! Fais bien tout ce que tu veux, tout ce que tu dois, tout, je te sens rétrécie, étranglée, tu me chasses peu à peu, tu sens ça ? Tu sens que ma queue sort de toi, qu'elle n'a plus de place, que tu deviens un corridor très très étroit, que tu te fermes, te couds, te claquemures ? Mais tu sais, je suis un assaillant têtu, je trouverai bien à t'envahir autrement !

Et tandis que je me violente à deux mains, chair et poils confondus dans un même arrachement, tandis que mon sexe peu à peu s'allonge, remonte sur mon bas-ventre, se fait crevasse, lézarde, fêlure, tandis que mon vagin se comble, se colle, s'oublie, se nie, tandis que mes lèvres s'étirent et se soudent, que mon urètre quelque part là-dessous bout d'une fièvre dévorante, il me reste assez de conscience pour percevoir encore, dans une autre cachette brûlante de mon corps, la phalange audacieuse, inventive, dûment ointe de salive de Denis qui fraie son chemin et prépare la conquête. C'est au moment où je gicle qu'il me cloue d'un rostre farouche, éclate ma porte secrète, investit les lieux en maître puissant, et cet énorme brandon dont il fouaille mon épouvante dilate mon cul aussi fort que mes tractions constrictent mon con. La douleur est délectable, et le plaisir aussi, de fuser en jets chauds, spasmodiques comme une éjaculation, mais, cramponnée ici, harponnée là, et sans fin jaillissante, je ne jouis pourtant pas…

– Je t'ai fait mal, peut-être ?

Je m'abîme dans une honnête réflexion.

– Non, ce n'est pas ça. Je ne crois pas.

– Alors ?

Denis est tellement à l'écoute, tellement désireux de m'aider.

– Je crois… Je crois qu'en fait, il me manquait quelque chose.

– Il te manquait quelque chose ? Mais quoi ? On n'a pas tout bien fait ? Tout bien observé ? Tu as fermé les yeux ? Tu l'as vue, la grande prêtresse ? Et tu t'es bien tiré sur la chatte, non ? Et tu as bien arrosé droit devant ? C'est parce que tu ne m'as pas mouillé moi ?

J'en arrive à sourire.

– Mais non ! Quand j'étais au cabinet de radio, je n'ai mouillé personne !

– Si, les pieds de l'infirmière, c'est toi qui me l'as dit.

Il m'écoute, au moins, et cette attention si sérieuse qu'il porte à mes divagations m'attendrit d'une reconnaissance presque triste. Je déguise mon émotion sous une apparente désinvolture.

– Oui, c'est vrai, je lui ai compissé les godasses, mais j'avais déjà commencé à jouir ! C'était même la fin, l'apothéose de l'orgasme. Tout à l'heure, je n'avais pas commencé du tout, pas l'ombre d'une onde extatique, même pas le coup du pétard mouillé, tu vois !

– Tu as de ces mots !

On a cherché ensemble, avec beaucoup d'application, ce qui avait pu foirer. Puis Denis a dit :

– Il faut qu'on recommence.

On a remis ça. Baignoire, toujours. Même position, mêmes préliminaires. Juste qu'il bandait moins fort, et moi, j'avais la vessie moins tendue. Mais avec beaucoup de bonne volonté… Et puis j'ai ouvert un robinet, histoire de me motiver… Et ça a été le miracle. Mon film privé, avec ma vedette brune qui faisait son numéro, a d'abord peuplé mes rêves, puis guidé mes mains, suscité mon besoin, galvanisé mon élan, je me suis projetée dans l'instant où je laisserais partir le flot, l'abordage de Denis dans mon dos a achevé de m'émerveiller d'une joie sauvage, et, surtout, le bruit du robinet m'a restitué le moment intense du labo, celui où j'avais perdu la boule et entamé une frénétique chevauchée sur la monture imaginaire de ma jouissance. Et de me revoir là, dans cette pièce froide, en butte aux observations de toute une équipe, d'entendre la chanson de l'eau qui désormais s'accompagnerait toujours pour moi d'un émoi foudroyant, j'ai atteint une volupté incroyable, démente, un orgasme de tous les sens, de toute ma chair, toutes mes muqueuses, tous mes orifices, un raz de marée sensuel et apocalyptique qui m'a arraché de vrais hurlements hystériques.

Après, bien sûr, investigation de Denis, fier d'avoir suscité, encore est-il tout à fait conscient de l'aspect relatif de son rôle, un orgasme à faire tomber les murs.

– Je t'assure que tu m'as serré la bite à me la couper ! J'avais la trouille de la sortir de là nécrosée. Tu as pris un panard, à mon avis…

– Pas toi ?

– Si, of course. Mais, bon, le problème, c'est pas moi.

– Le problème ? Mais tu m'as dit qu'il n'y avait pas de problème !

– J'ai dit que si problème il y avait, on pouvait le solutionner nous deux. C'est pas ce qu'on a fait ?

– J'espère.

*

* *

J'avais retrouvé la carte du psy en cherchant mes clés. Je perdais tout, mes papiers, mon portable, mon sac, mes lunettes. Je n'allais pas mieux. Quand j'ai eu le bristol entre les mains, j'ai su que c'était un signe. Et la secrétaire au bout du fil qui me dit :

– Vous avez de la chance, il y a un désistement aujourd'hui, 15 heures ! Ça vous intéresse ?

– Vous vous souvenez de moi ? Vous m'avez donné votre carte...

– Oui, je me souviens, TGV de 19 heures, le 4 avril. On arrivait à Lyon.

– Quelle mémoire ! Ou alors c'est que je vous ai spécialement marqué ?

– Ne vous vexez pas, mais je n'oublie jamais rien. Alors ? Qu'est-ce qui vous a poussée à prendre rendez-vous ?

– Mais... Vous !

– Ah ?

– Vous avez bien vu, enfin, bien compris, que mon état relevait de vos compétences, que je n'allais pas bien, que j'avais besoin de soins, au moins d'une consultation, non ? Et d'ailleurs, ça ne m'a pas offusquée, pas du tout, soulagée, au contraire, parce que ce regard que vous aviez eu sur... ma folie, c'était un regard professionnel, rassurant, qui disait : « Je sais ce que c'est, et que votre situation n'est pas confortable, qu'elle le sera de moins en moins, mais on peut en parler, y remédier. » D'accord, mon copain est un type très gentil, et il m'écoute, me respecte, cherche à m'aider, marche dans mes délires, mais vraiment, là, je crois qu'il ne peut pas faire plus, je crois qu'on touche le fond, et moi je me sens mal, je culpabilise, j'ai l'impression de trop lui en demander, et plus je demande, plus il me donne, ça n'a pas de fin, et ce n'est même pas moi qui demande, je reçois des sortes d'ordres, des trucs qu'on m'impose, depuis ailleurs, j'entends presque des voix, c'est de la schizo, ça, non ? Avant, je ne pouvais pas dire que j'étais coincée. Pour le cul, je veux dire. Pardon, hein, mais vu l'attitude où vous m'avez surprise, vu aussi votre spécialité, je pense que je peux me lâcher, et même qu'il le faut. Donc, je n'étais pas coincée, mais pas obsédée non plus. Libido normale, sexualité normale. Si ça existe. Peut-être qu'à vos yeux, vos yeux de psy, une sexualité normale, ça n'existe pas. Mais quand même, ce que suis en train de vivre, ça me… Ça me perturbe grandement. Je vous la fais courte : Quand vous m'avez trouvée dans les toilettes du TGV en train de faire pipi debout en m'arrachant les poils pubiens à force de tirer dessus, dites-vous que ça ne m'était jamais arrivé. Jamais. Et ce qu'il faut dire aussi, c'est que je jouissais quand vous avez ouvert la porte. JE JOUISSAIS ! À cause d'une vision totalement bizarre que j'avais eue depuis mon taxi sur un boulevard parisien, d'une femme qui se soulageait debout dans la rue, et depuis l'instant de cette vision-là, je n'ai plus jamais été tranquille, à faire des rêves idiots d'hommes castrés, de gens en pleine miction, de chèvre brouteuse d'intimité… Encore, les rêves !… Mais c'est le reste. La suite. Les rapports avec mon copain, avec ma vessie, avec moi-même. Je ne peux plus uriner que debout, en me torturant le sexe, et quand je commence à me soulager, ou juste avant, j'ai le flash de la Parisienne, d'ailleurs je me demande si cette pensée ne déclenche pas à elle seule le processus, je me mets à jouir, toute seule, et si je suis en compagnie, là, c'est plus délicat, il me faut le bruit d'un robinet…

– L'eau coulait dans les toilettes du TGV ?

– Non, mais ça, c'est depuis ma cystographie, que j'ai faite dans un labo, et ils ont ouvert un robinet pour m'encourager, parce que je n'arrivais pas à produire la moindre goutte, et voilà ! Le robinet a débloqué le processus, mais l'a bloqué autrement… Et puis, aussi, mon copain m'a donné l'habitude de me prendre… d'une façon particulière, vous comprenez, pour me permettre mes manipulations, il me sodomise, et ça se complique encore, parce que je n'atteins pas l'orgasme si je n'ai pas ça aussi.

– La sodomie ?

– Oui. Ça fait beaucoup, quand même, non ?

– Et la cysto, pourquoi ?

– Mais… Toujours pour la même raison, mes… égarements, mes tocs !

– Quel rapport ?

– Je suis allée voir ma toubib. Bien sûr je ne lui ai pas raconté les choses comme à vous, j'ai dit que j'avais des soucis urinaires, c'est idiot, je sais, mais comprenez-moi, j'avais du mal à formuler le vrai fond du problème.

– Pourquoi dites-vous que c'est un problème ?

Là, j'avoue qu'il m'avait scotchée. Je mis un certain temps à chercher mes mots, les yeux vides, machinalement mes prunelles tournaient autour de la pièce, comme pour débusquer dans un coin l'expression la plus appropriée, l'analyse la plus pertinente et concise à la fois. Je pensais qu'il me testait, mettait à l'épreuve ma logique pour sonder la profondeur de ma démence. Et soudain, j'ai vu son regard, ma rétine piégée n'a pas pu s'en détacher, il me considérait fixement, avec une intensité, une acuité perçantes, un chat à l'affût de sa proie, j'ai eu absurdement très peur tout à coup, j'ai bredouillé :

– Mais… Tout ça… Tout ce que je viens de vous dire… Tous ces conditionnements successifs qui s'ajoutent et qui…

– Voilà, dit-il froidement, vous n'avez pas besoin de moi, vous avez trouvé le mot, ce sont des conditionnements, en quoi sont-ils gênants ? Savez-vous que pour faire l'amour, pour atteindre l'orgasme, une foule de gens sont obligés de se conditionner, d'observer des rites, de s'entourer d'objets fétiches, de se passer des films intérieurs qui font intervenir des monstres, qui mettent en scène des séquences cruelles, ignobles, hurluberlues, déjantées pour tout dire ? Vous, vous avez la chance de pouvoir exprimer, et d'avoir un compagnon à l'écoute. Alors je vous le demande : qu'est-ce que ça peut foutre qu'il doive vous enculer pendant que vous vous tracassez la chatte en pissant debout sur fond de robinet ouvert ? Hein ? Qu'est-ce que ça peut foutre ?

Il avait pointé vers moi un menton interrogatif et péremptoire à la fois et me considérait presque méchamment. Pendant une fraction de seconde je perdis pied, une sorte de panique m'envahit, me mettant au bord des larmes.

– Mais… C'est vous ! Vous qui m'avez en quelque sorte encouragée à…

– À… ?

– À consulter ! Vous m'avez donné votre carte, dans le train ! Vous aviez bien vu que…

– Vous n'y êtes pas du tout ! Je vous ai donné ma carte dans l'espoir, c'est vrai, que vous vous en serviriez, que vous m'appelleriez. Je n'ai que ce genre de carte-là. D'accord, il y est mentionné ma profession, mais aussi mon nom, mon prénom, mon téléphone perso. C'est pour ces coordonnées-là que je vous ai glissé ma carte. Pas pour suggérer une consultation. Je suis en fait affreusement déçu. Quand je vous ai reconnue dans la salle d'attente, j'avais encore l'illusion d'une possible rencontre, et que vous aviez trouvé le biais du rendez-vous pour me revoir. Mais visiblement, ce n'est pas le cas. Ma personne vous indiffère. C'est le docteur que vous êtes venu voir ! Alors permettez-moi de trouver la pilule un peu amère !

J'étais sidérée.

– C'était… Un plan drague ? Juste ça ? Qu'est-ce que vous avez cru, que j'avais laissé la porte des toilettes ouverte exprès, pour qu'on me trouve dans mon… Dans ma… Ah !…Je ne sais même pas comment appeler ça, mon délire, ma crise, ma furie, ma débauche…

– Non, je n'ai pas pensé que vous aviez sciemment laissé la porte ouverte. C'était une omission sincère, mais tellement parlante. Il n'y a pas de hasard, vous savez, les actes manqués sont révélateurs !

– Vous voyez que c'est bien le psy qui a réagi, alors, qui m'a tendu sa carte !

– Non, vous vous trompez, c'est l'homme ! C'est l'homme surpris, charmé, n'osant croire à sa chance. Votre exhibitionniste du boulevard parisien, je la connais, je l'ai vue peut-être dix fois, toujours au même endroit, dans la même position, avec cette expression de total détachement, cette cécité au monde, cette solennité du geste, ce jet qui fuse de son sexe et semble ne jamais s'arrêter. Croyez-moi, elle m'a fait rêver moi aussi ! Jamais je n'avais vu une femme dans la même attitude, et à chacun de mes voyages à Paris, je la guettais, convaincu que je ne pourrais jamais demander à quiconque de mes éphémères partenaires la même prestation, elle m'était devenue un fantasme, son seul souvenir générait mon émoi, mon désir, mon plaisir aussi. Plaisir solitaire, même quand j'étais en compagnie, je faisais l'amour à l'une ou l'autre, mais c'est à elle que je pensais. Alors quand je vous ai trouvée aux toilettes du TGV, dans la même attitude, avec l'extase et la fièvre en plus peintes sur votre visage, j'ai cru que le destin venait de m'ouvrir une porte, si on peut dire. Que mon fantasme allait prendre corps, que vous me donneriez ce que je n'osais demander à personne, que nous étions faits pour nous entendre, qu'une histoire magnifique était possible… Et… Non seulement vous n'avez rien compris, rien pressenti, non seulement vous ne m'avez accordé aucun regard personnel, mais vous débarquez dans mon cabinet pour me déballer tout de go que ce que je tiens moi pour un don du Ciel vous pèse et vous accable comme un dérèglement insupportable, et que vous souhaitez y remédier ! Mais c'est un monde qui s'écroule pour moi !

Ma parole, je me sentais presque obligée de le consoler ! Mais que faire, que dire ? Que je l'avais jugé séduisant à l'instant où il m'avait remis sa carte, mais que ce charme était dû surtout à la caution scientifique de ses intitulés, que je n'avais vu alors qu'un docteur attentif dont la visible expérience me rassurait, me promettait, si j'en avais besoin un jour, une écoute professionnelle ? Il l'avait bien compris, c'est exactement ce qui semblait l'anéantir.

–Bien sûr, me lançai-je, nous pourrions conjuguer nos...

–Mais il y a quelqu'un dans votre vie ! m'interrompit-il tristement.

–Non, dis-je. Sincèrement, ce n'est pas ce qui m'arrêterait.

Il me regardait interrogativement.

–Ce qui n'irait pas, c'est que je n'ai pas la même approche que vous de la question, et que je veux me débarrasser de mon fantasme, et pas le cultiver.

–Mais pourquoi ?

Il avait eu un ton si plaintif, si douloureux...

*

* *

Fait-on l'amour par pitié ? D'ailleurs, fallait-il appeler ça « faire l'amour », et d'ailleurs aussi, il ne s'agissait pas vraiment de pitié. Plutôt d'une certaine forme de solidarité, de fraternité... Ce type avait l'air malheureux, souffrant d'une solitude obligée qui lui pesait autant qu'à moi, l'angoisse d'avoir irrémédiablement changé de sexualité. Nos deux désarrois pouvaient se réconforter mutuellement, au moins une fois. Et puis la sincérité me contraint à reconnaître que j'étais curieuse de voir si mes conditionnements s'accommoderaient d'un nouveau partenaire, si fugitif dût-il être.

Je commençai par me déshabiller. Et puis très vite, bras ballants et visiblement disponible, j'attendis ses directives. Il était resté assis dans son fauteuil, mais s'y était déplacé grâce aux roulettes dont il était nanti, et il me contemplait en spectateur attentif non plus de derrière son bureau, mais du milieu de la pièce.

–Allez-y, ordonna-t-il, fermez les yeux si vous voulez, et pensez à elle !

Je m'appliquai très fort. Sous mes paupières serrées, l'image avait du mal à se préciser. La situation était si particulière.

–Je vais inonder le sol, objectai-je.

–Ne cherchez pas d'excuse, dit-il. Et ça n'a aucune importance. Au contraire. C'est ce qu'il faut !

Je me replongeai dans ma concentration, tentai vainement de susciter le souvenir, soupirai.

–Rappelez-vous, souffla mon metteur en scène : elle est là, toute droite au bord du trottoir, son menton levé, ses cheveux blancs tirés en arrière, ses yeux vides. Vous la voyez ? Et dans l'ouverture du pantalon, ses mains qui présentent le show. Ses doigts allongent sa fente, font saillir le clito, étirent le méat, ses lèvres sont minces et rouges entre des poils moussus qu'elle sépare. Allez-y !

Je m'exécutai, prise au piège de ses descriptions hypnotiques, me tirant sur le sillon, écartant ma toison, débusquant ma propre perle, rétrécissant, déformant l'ovale minuscule de l'orifice par où devait jaillir l'ondée sacrée. Mes doigts se crispaient, cruels, des doigts d'arracheuse d'herbe, mes jambes, dans l'effort, tremblaient et ployaient, je devais être hideuse à voir, mais peut-être excitante. J'ouvris un œil, il n'avait pas bougé, rien sur son visage ne traduisait le moindre émoi.

–N'écartez pas les cuisses, fit-il, et ne vous sauvagez pas la touffe comme ça ! Vous vous souvenez ? Elle se tient parfaitement campée sur ses deux jambes bien fières, en équilibre stable et symétrique, et ses mains semblent détendues, gracieuses, elles sculptent sa chatte avec délicatesse. Celui qui la regarde peut entrevoir l'intérieur, même s'il est étiré, allez-y plus doux, lâchez-vous la tignasse, glissez plutôt vos index dans le couloir des lèvres, en haut de chaque côté, sentez bien par où vous allez gicler.

J'étais désemparée.

–Je ne giclerai pas, annonçai-je lugubrement. Vous changez mes habitudes.

–Non, je les affine. Attendez !

Il se leva, traversa le bureau.

– Et comme ça ?

Il avait ouvert un robinet. Le chuintement de l'eau me coula un frisson dans le bas-ventre, m'électrocuta la vulve, j'émis un petit cri involontaire.

– Oui, approuva-t-il, ça va venir. Pensez très fort à son jet à elle, doré, puissant, à ce jet imperturbable qui arrose le monde !

J'y étais presque, malgré mes efforts pour garder mes jambes droites, mes mains souples.

– Vous avez quelque chose à produire, au moins ? s'inquiéta-t-il, on aurait dû commencer par là, vous donner à boire !

– J'ai bu deux grands cafés avant de venir, murmurai-je, toujours concentrée, épiant les ondes du besoin qui grésillaient à la périphérie de mon méat.

Il se passa encore quelques longues minutes, pendant lesquelles je tâchais de contrôler la position de mes phalanges, de sentir l'exacte ouverture de ma fente allongée mais non soudée, de relâcher les vannes de mon ventre tracassé de désir, et surtout de me représenter la grande prêtresse au bord de son trottoir, les doigts à la source du coquillage, et je fouaillais mon imagination de commentaires crus, « elle pisse en se tirant sur la moule, elle s'écarte la cramouille, elle s'allonge les babines, elle… »

– Non, capitulai-je enfin, non ! Je n'y arriverai pas !

– Parce que vous ne vous faites pas assez mal ?

– Pas ça seulement. Vous savez, je vous l'ai dit, maintenant, j'ai besoin aussi de…

– De ?

– De me faire enculer ! lâchai-je, à bout de patience et de réserve.

– Non, je ne peux pas, répondit-il sèchement. Plutôt je ne veux pas. Si je vous prends par-derrière, je ne vous vois plus. Je DOIS vous voir. Pour moi, c'est… Il redevint humble et suppliant, pathétique. C'est primordial ! S'il vous plaît ?

– On pourrait... devant une glace...

Il n'y avait pas de glace dans le cabinet. En revanche, il ouvrit un tiroir, fouilla un peu, en sortit un cylindre de plastique de deux ou trois centimètres de diamètre.

– Un gadget, expliqua-t-il, un étui à stylo de plusieurs couleurs. Je n'ai que ça, mais je pense que ça ira.

Il l'enduisit d'un gel trouvé dans un autre meuble, s'approcha.

– Baissez-vous un peu, je vais doucement.

J'étais encore troublée de ma mise en condition, je m'offris généreusement, la croupe haute, les cuisses écartées, j'envoyai même mes mains pour séparer mes fesses et lui dégager la voie. Le truc entra comme dans du beurre, il le manipula un peu, quelques coulissages, quelques moulinets, mon cul en était presque à jouir tout seul, il dut sentir les spasmes qui le secouaient, regagna sa place au fauteuil en me laissant l'engin planté, et m'encouragea une dernière fois :

– Allez !

Je repris la pose, jambes tendues raisonnablement disjointes, doigts consciencieux à bien offrir le spectacle sans le gâcher, allongeant ma fente et mettant en valeur cependant mon écluse, mon cul se serrait spasmodiquement sur l'offrande du bon docteur, je mâchais le cylindre de muqueuses extatiques de plus en plus gourmandes... Enfin, l'image splendide se leva en moi, ma déesse était là, superbe, altière, elle arrosait l'univers et sa cataracte chantait fort, mon spectateur avait encore augmenté le débit du lavabo, alors c'en fut fait : je me mis à jaillir à mon tour, pissant avec un bonheur foudroyant, droit devant, je sentais ma fusée jaillir de mes reins, franchir mes vannes, je sentais mon cul ravagé d'extase, et mes mains, mes doigts comme tétanisés sur la chair de ma chatte en délire, j'ouvris des yeux fous, mon mentor avait sorti sa queue, il se branlait furieusement, j'entendais malgré le bruit de l'eau les coups secs de sa masturbation, il avait un truc énorme, très brillant, d'un rose violent, indécent, qui explosait sur son linge clair écarté, je n'avais pas fini de pisser qu'il giclait à son tour, mêlant ses jets au mien, et ces arcs étranges, de pisse et de foutre, faisaient dans la pièce feutrée comme un jeu de bassin terriblement fascinant, nos deux fontaines se rencontraient, se mariaient en l'air, retombaient d'une même gravité, s'étant mélangées dans des noces fulgurantes et grandioses qui nous laissèrent tous les deux proprement vidés…

*
* *

C'en était terminé de mon histoire avec Denis. Il était allé aussi loin que possible dans l'accompagnement de ma folie, mais quand je lui expliquai que décidément, non, je ne pouvais plus jouir autrement qu'en serrant les fesses sur un gode, debout face à lui qui se masturberait tandis que le chant d'un robinet grand ouvert m'autoriserait la vision divine de ma reine des sources et me suggérerait des manipulations et tiraillements de chatte jusqu'au jaillissement suprême, qui, et là était peut-être le plus important, se mêlerait à ceux de son phallus, il me considéra avec une épouvante attristée.

– Fais-moi plaisir, ma belle, va le voir, ce psy dont tu m'as parlé ! Celui qui t'a donné sa carte, dans le train, tu te souviens ?

– Je ne voulais pas te le dire, Denis, mais j'y suis allée.

– ????

– Et justement, c'est lui qui…

Il ne me crut pas. Sa culture de base en matière de psychiatrie l'incita plutôt à me penser atteinte de mythomanie, et même plus tragiquement de schizophrénie. Il insista pour que je me soigne, j'étais fatiguée et perturbée par les chemins tortueux que prenaient désormais ma sexualité et donc toute ma vie en général, j'éclatai en sanglots convulsifs qui dégénérèrent en crise nerveuse, ce qui me valut l'intervention du SAMU et une admission aux urgences psychiatriques.

Admission qui se transforma en internement à long terme pour une cure de sommeil.

Et depuis, je rêve, je rêve, je rêve… Je rêve à ma magnifique pisseuse du boulevard parisien, je rêve au service de radiologie où le plaisir m'a fait oublier le sens des convenances, je rêve au bon docteur qui m'a si bien comprise et rejointe dans mon extase… À chaque réveil, je supplie pour qu'on l'appelle à mon chevet. On me répond qu'il n'existe que dans mon imagination. J'ai fouillé mon sac pour leur coller sa carte sous le nez, elle a disparu. Je leur ai dit :

– Il existe, en chair et en os ! Je suis allée le voir ! Et je voulais, je pouvais vous le prouver… Mais… Mais… J'ai perdu la carte !

– Ne vous en faites pas, m'a dit un interne. Vous allez guérir, on est là pour ça !

Sexsomnie

Quand on s'appelle Lejet et qu'on est urologue, mieux vaut avoir le sens de l'humour, pour devancer éventuellement les sourires en coin et les petites allusions ironiques des patients que votre science ne fige pas toujours dans un silence impressionné. Ce matin, Richard Lejet arbore une mine authentiquement réjouie en ouvrant la porte de la salle d'attente pour appeler « Monsieur Lagoutte ? ».

L'homme, qu'il ne connaît pas, n'a pas l'air frappé par la cocasse rencontre de leurs deux patronymes. Il semble plutôt préoccupé, hésite à répondre directement à la question « Qu'est-ce qui vous amène ? », cherche des yeux une improbable inspiration aux quatre coins de la pièce, bredouille deux ou trois débuts de phrase, et finit par se lever, mains à la braguette. « Faut que je vous montre ».

Penché sur l'objet des tourments de Jean-Yves Lagoutte, le docteur ne peut réprimer une exclamation de surprise.

– Holà ! Qu'est-ce qui vous est arrivé ? Accident de vélo ? Coup de pied au foot ?

Le patient tord la bouche, embarrassé :

– Ben… non. C'est ma femme !

– Votre femme ?

Lejet avance les doigts vers l'hématome géant qui bleuit la verge de son patient, la déguise en schtroumf accablé. Il écarte de phalanges délicates la chevelure pubienne dans laquelle vient mourir l'ecchymose, soulève le triste appendice endeuillé pour découvrir une identique marbrure sur les testicules. L'autre se laisse scruter et soupeser avec un stoïcisme qui ne parvient cependant pas à conjurer quelques légères crispations de tout son corps aux aguets.

– Je vous fais mal ?

– Un peu, quand même.

– Et en ce qui pourrait concerner des lésions internes : vous avez des problèmes, pour uriner, par exemple ? Des saignements ? Des douleurs spontanées ?

L'autre demeure muet, avance une moue sceptique, exécute une série de petites implosions labiales pour dire que non, pas vraiment, enfin, à moins que, peut-être…

Lejet se demande s'il a bien compris la question, conclut :

– On va faire une écho, par précaution…

Ce genre d'examen est souvent propice à instaurer le dialogue. Le médecin se concentre apparemment sur les gestes techniques et l'image, le patient suit sur l'écran l'apparition et l'évolution de formes vagues et mystérieuses, et, sans croiser le regard du praticien ni avoir l'air de le fuir, il peut répondre plus librement aux questions.

– C'est arrivé quand ? interroge Lejet.

– La dernière fois, il y a trois jours.

– La dernière fois ? Pourquoi ? Il y a eu d'autres fois ?

– Plein d'autres fois, soupire Lagoutte. Mais mercredi, quand j'ai vu dans l'état que j'étais, je m'ai pensé : « Alors là, c'est plus possible. Faut voir un toubib ! »

– Heu… Vous avez bien fait, déclare Lejet. Et vous auriez pu même aller aux urgences, directement.

– Aux urgences, il y a un type que je connais. Et je voulais pas risquer de tomber dessus. J'ai préféré chercher dans les pages jaunes ; à votre secrétaire, j'ai dit que ça pressait, elle m'a trouvé un rendez-vous presque tout de suite, parce quelqu'un venait d'annuler.

– Apparemment, dit Lejet aux commandes de sa sonde, on a de la chance, l'hématome n'est pas profond. En ce qui concerne la région pelvienne du moins. Mais, dites-moi, c'est une violente, votre femme ?

– Amélie ? Oh là là ! Mais non ! Tout le contraire. Douce, effacée. Que quand je l'ai mariée, je savais à peine le son de sa voix. Et puis timide, si vous voyez ce que je veux dire. Pas du tout olé olé… Des années, que j'ai mis à la dégeler.

– Là, plaisante Lejet, j'ai l'impression que vous l'avez complètement sortie de sa réserve. Elle s'est fâchée, c'est une scène qui a mal tourné ?

– Non, non. Pas ça… Si au moins… Jean-Yves Lagoutte, le pantalon aux genoux, recommence à bafouiller. Le docteur, intrigué, prolonge l'examen plus que nécessaire pour tenter de comprendre.

– Alors quoi ? hasarde-t-il, l'œil résolument rivé au lecteur, et la voix presque absente. Des jeux ?

Lagoutte ne pige pas.

– Des jeux ?

– Oui, des jeux sexuels, des pratiques un peu… musclées. J'en ai vu quelquefois, confie le docteur.

Là, le patient a saisi. Il éclate d'un petit rire presque désolé.

– Oh ! Non ! Pas Amélie ! Pas des jeux. C'est pas elle du tout, ça, des jeux !

– Bon, se résigne Lejet. Alors quoi? Un accident ? Un geste maladroit? Mais vous me dites vous-même qu'elle réitère.

– Elle quoi ?

– Elle est coutumière du fait. Elle recommence… Vous avez dit « Plein d'autres fois ». Donc, je ne comprends pas. Ses gestes sont-ils volontaires ? Involontaires ? Fait-elle exprès ou pas ?

– Ni exprès ni pas exprès, en fait.

– Expliquez-moi alors.

Lagoutte, embêté, se relève, parce que le docteur, visiblement, vient de clore l'examen et attend ses confidences.

– Heu… Pas facile… Pas facile d'expliquer… Et puis, j'aime mieux pas.

– D'accord, concède Lejet. N'expliquez pas. Mais dites-moi seulement ce que vous attendez de moi.

– Ben, je voulais savoir si elle m'avait rien détruit, si ça marcherait encore, quoi, parce que depuis mercredi, rien, j'ai peur qu'elle m'ait esquinté un truc important. Et puis, peut-être que vous auriez un médicament à me donner, une pommade pour me démaquiller l'engin, ça me fait mal rien que de le regarder. Je peux pas aller à la pharmacie et dire : « Vous auriez pas un tube de quelque chose pour un Popaul cocardé qui vire au violet avec ses deux frangines ? » Si vous me faites l'ordonnance, c'est pas pareil…

– Oui, dit Lejet. Bien sûr, vous aurez une ordonnance. Mais ne vous rhabillez pas. On va quand même faire une endorectale, par acquit de conscience.

Jean-Yves Lagoutte s'est rassis. Mais quand il a vu la nouvelle sonde que prétendait utiliser le toubib, et la capote qu'il extrayait de son étui, il a eu une exclamation paniquée.

– Qu'est-ce que vous allez me faire ?

Richard Lejet a expliqué que ce n'était pas douloureux, que ça permettrait de mieux voir de l'intérieur la vessie, la prostate, et d'éventuelles complications des traumatismes subis.

Le patient s'est redressé comme un ressort, a sauté sur ses pieds.

– Ah ! Ça non ! Pas question de me mettre votre truc où je pense ! Déjà tout môme je supportais pas les suppos. Et l'Amélie, Dieu sait que j'en encaisse pourtant, eh ben l'autre jour je lui ai filé une bourrade quand elle m'a cloqué le tube de baume indien dans les fesses. Là, vrai, je peux pas ! Rien que l'idée…

Lejet a reposé la sonde, il est debout, les mains dans les poches de sa blouse, il ne rigole pas.

– Écoutez, Monsieur Lagoutte ! Vous venez me consulter pour un traumatisme, et même des traumatismes, d'après ce que vous avez laissé entendre, apparemment assez importants. Vous refusez de m'expliquer les circonstances exactes de ces traumatismes. Soit. C'est votre vie privée. Mais moi, en tant que docteur, je ne peux pas vous laisser repartir sans avoir pris toutes les précautions nécessaires, opéré toutes les vérifications qui sont en mon pouvoir. Si, en sortant de chez moi, vous faites une hémorragie, je serai responsable. Ne connaissant pas les conditions de vos… « accidents », je ne peux que supputer l'étendue des contusions, craindre leurs conséquences et prendre toutes les mesures possibles pour évaluer leur ampleur, et ainsi vous prescrire un traitement ou, peut-être, un acte chirurgical. Il en va non seulement de mon honneur de médecin mais aussi de ma sérénité personnelle. Je ne peux pas vous laisser repartir sans cette exploration endorectale, et sans un diagnostic précis.

– Et si je vous raconte, ça suffira au diagnostic ? demande Lagoutte.

Lejet hausse une épaule, ébauche un sourire conciliant, quoique prudent.

– Peut-être…

*
* *

Quand Jean-Yves Lagoutte eut achevé son récit, consciencieux malgré quelques ânonnements et hésitations dus seulement au désir de bien dire sans choquer, et au choix périlleux de vocables qui ne fussent ni grossiers ni trop mièvres, Richard Lejet hocha plusieurs fois la tête, croisa les doigts sur son sous-main et déclara : « Monsieur Lagoutte, vous avez bien fait de venir me voir, il le fallait. Mais je crois qu'en l'occurrence, votre femme a bien plus besoin d'être soignée que vous… Je sais, elle est timide, elle n'osera jamais consulter. Mais vous allez l'aider. Et je vais vous adresser à un ami, un très gentil docteur que je connais, spécialiste de ce genre de problème. Je vous fais une lettre pour lui, et d'ailleurs, je me permettrai de l'appeler, avec votre accord, pour lui parler de vive voix du cas de votre femme…

Au téléphone, le docteur Roy, psychiatre de son état, responsable passionné d'une unité de sommeil dans un grand hôpital de la ville voisine, ne manifeste aucune surprise.

– Somnambulisme typique, déclare-t-il. Et même, on appelle ça « sexsomnie ». Conduite sexuelle pendant le sommeil. J'ai encore vu un cas la semaine dernière.

– J'ai quand même du mal à croire que cette femme si douce et effacée, selon son mari, s'acharne à lui ruiner le bazar en totale inconscience… La précision des gestes, des objets choisis… Il y a forcément une part de lucidité là-dedans. Une rancœur sous-jacente, une vengeance à assouvir, quelque chose.

– Je ne te dis pas que les antécédents de ces malades ne comptent pas. Souvent, ce sont d'anciens traumatisés, traumatisés sexuels, s'entend pour ce qui est de la sexsomnie. Mais je t'affirme qu'au moment de leurs actes, la nuit, ils sont absolument endormis. Et ne gardent aucun souvenir au réveil. Tiens, ma patiente de la semaine dernière, par exemple. Elle se levait vers deux ou trois heures du matin, sortait le chien pieds nus, et revenait se coucher. S'il n'y avait pas eu des traces de boue dans son lit le lendemain, elle n'aurait pas cru son mari. Tout comme elle ne le croyait pas quand il lui disait qu'elle avait fait des frites au milieu de la nuit. Mais elle-même remarquait en se levant la friteuse sur la table… Et puis, elle s'étonnait aussi quelquefois : « Où est passé le fromage ? Il en restait pourtant, hier. » Et quand son mari lui disait : « Tu l'as mangé cette nuit », elle tombait des nues.

– D'accord. Mais ça n'a rien de sexuel, ça ! Rien à voir avec la femme de mon patient qui se déchaîne sur ses parties génitales…

– Attends, ma faiseuse de frites nocturnes avait aussi un comportement sexuel inconscient. C'est pour ça qu'elle consultait. Parce que les frites, le fromage, le chien, même les coups de fil qu'elle passait à des copains qui ne comprenaient rien à son baragouin inarticulé, ce n'était pas ça qui l'inquiétait. Ce qui l'inquiétait, c'est qu'elle sautait sur son mari et lui faisait l'amour dans un état second.

– Si elle ne lui faisait que l'amour, sans l'outrager, sans le violenter, comme la charmante moitié de mon patient meurtri du service trois-pièces, c'était demi-mal.

– Oui et non. Les cinq enfants qu'elle a eus, elle affirme ne pas savoir comment elle les a faits. Le mari, lui, le sait. Elle se jetait sur lui, qui dormait du sommeil du juste, le caressait, le masturbait, le chevauchait… Le tour était joué.

– Et lui ne se réveillait pas ?

– Si, au bout d'un moment, mais va lutter ! Tu pourrais toi ?

– D'accord, la chair est faible. Mais au moins, j'insisterais pour une contraception.

– Elle ne supporte rien, ni la pilule ni le stérilet, que les préservatifs. Alors imagine, le type, à peine sorti de ses rêves, engourdi de sommeil, en proie à des manœuvres irrésistibles… Il m'a dit l'autre jour : « Elle allait jusqu'à me sucer… » Tu crois qu'il avait le temps, la force, l'envie de la repousser, de s'encapuchonner ? Non, je t'assure, c'est un problème. Les cinq gosses sont d'ailleurs en foyer d'accueil, les parents sont trop fragiles, lui paraplégique, ce qui explique aussi peut-être sa passivité, elle, dépressive, presque illettrée. Une enfance pourrie, une mère alcoolique, qui lui filait des biberons de pastis et la faisait coucher par terre, avec les poules et le chien… Pas d'école avant dix ans, quand la DDASS s'en occupe enfin, pour la mettre en famille. Laquelle famille la frappe, l'humilie, finit par la chasser : « Tu n'es pas notre fille. Tu dégages ! »

Et, cerise sur le gâteau, elle est violée à seize ans. C'est ce qui me faisait te dire tout à l'heure que les sexsomnies sont souvent induites par des traumatismes sexuels antérieurs.

Avec son mari, elle s'entend plutôt bien. Mais, à l'état de veille, manifeste une sexualité des plus timorées, à ce qu'il paraît. D'ailleurs pendant les consultations, elle rougissait quand il évoquait ses agissements nocturnes, elle protestait : « Moi je me rappelle pas ! » L'époux disait bien que ces initiatives intempestives ne le dérangeaient pas. Mais comme il n'est pas mauvais bougre, il se désolait quand même : « Dire qu'elle sait même pas si elle a du plaisir ! »... Elle, en revanche, était plus que gênée, malheureuse, triste. Elle pleurait dans mon cabinet. Elle me suppliait : « Sortez-moi de là ! »

– Et c'est faisable ?

– Oui. Il y a des traitements. Là, elle en est au Stabilium 20 mg. Tout est rentré dans l'ordre.

– Tu sais ce que je me demande ? Quel genre d'enfance, de traumatisme a dû vivre la femme de mon patient pour se montrer si agressive avec lui la nuit ? Parce que ta patiente à toi, bien que négligée, battue, violée, elle n'a jamais donné dans le sadisme, au contraire ?

– Oh ! dit le docteur Roy. Rien à voir... Les résurgences sont imprévisibles et pas toujours proportionnées. Tu me l'envoies, avec son mari. On en reparlera...

*
* *

Sans être aussi noir que celui de la dernière patiente traitée par le docteur Roy, le passé d'Amélie Lagoutte n'avait pas été un chemin de roses. Sa mère, dépressive et alcoolique, la houspillait, la rudoyait parfois. Amélie avait eu toute son enfance la triste impression de ne jamais faire assez bien, de ne jamais être à la hauteur des attentes maternelles. Moquée, secouée, étiquetée de quolibets blessants, elle tournait vers son père un pathétique regard qui quémandait une protection, une intervention en sa faveur. Mais lui se contentait de hausser les sourcils, de prendre de la pupille le Ciel à témoin, et alléguait, lorsqu'il était seul avec sa fille :

– Tu sais bien que je ne peux rien lui dire, c'est encore pire après. Elle monte toute seule. Mieux vaut la boucler et attendre que ça passe.

Ça ne passait jamais, jamais vraiment. À force, la patience du père avait été usée, et il avait demandé le divorce. Amélie avait treize ans, elle n'avait pas osé dire qu'elle ne voulait pas rester avec sa mère, d'ailleurs, à l'époque, on ne demandait guère leur avis aux enfants de divorcés. Alors toute son adolescence, elle s'était coltiné le sale caractère de sa mère, ses beuglantes, ses coups de blues, et avait appelé trois fois le Samu parce qu'en rentrant de ses cours, elle l'avait trouvée par terre, l'œil révulsé et la bave aux lèvres. Les lavages d'estomac, les sermons des docteurs, les séjours en maison de désintoxication n'arrangeaient pas la mégère. Elle revenait plus aigre encore, plus à cran, plus violente et désespérée. Amélie, comme son père, avait trouvé une parade dans la fuite. Pas de divorce possible pour elle, pas de séparation, alors elle se droguait. Le hasch circulait dans la cour de l'école et dans les caves de l'immeuble, elle piquait sans scrupule dans le portefeuille de sa mère, lorsque le vin l'avait trop abrutie. Après, l'autre gueulait, et Amélie répondait :

– J'ai rien pris ! C'est toi ! T'étais tellement saoule que t'as balancé ton fric dans des tournées collectives, ou que tu l'as perdu….

Les trips aidaient Amélie, un moment, et l'enfonçaient davantage le reste du temps. Et puis, un jour, il y eut ce choc, inattendu, monstrueux… Amélie fréquentait alors le lycée professionnel où elle préparait tant bien que mal un CAP d'agent d'entretien auprès des collectivités. Une vraie poudre aux yeux, comme si, pour être femme de ménage, il fallait suivre tous ces cours à la noix. Pas besoin d'être bien fort en maths pour lire, au bas de la fiche de paye, le montant de smic qu'on lui allouerait peut-être, si elle avait la chance d'un emploi à plein temps. Ce jour-là, les profs du bahut s'étaient mis en grève spontanément parce qu'un de leurs confrères avait reçu en pleine figure le crachat d'un BEP de la section maintenance. Amélie avait dans sa poche de quoi planer un bon moment, elle allait pouvoir fumer son shit tranquillou et rester à divaguer jusqu'au soir en écoutant ses musiques préférées. Quand la clé refusa de tourner dans la serrure, et que la porte s'ouvrit à la première poussée, elle pensa d'abord que sa mère était allée à l'usine déjà farcie, en oubliant de fermer. Mais un raffut à l'intérieur du logis la détrompa, bruit de chute, exclamation grommelée, cris confus… Merde ! La pochtronne n'était pas partie, ou bien déjà revenue, et dans sa cuite matinale se cognait à tous les meubles de la maison. Ça allait être gai !

Mais dès le seuil du salon, le spectacle qui l'accueillit la figea dans un effroyable ébahissement. Un type, de dos, s'employait à caramboler sa mère sur la table. Il luttait visiblement parce qu'elle se débattait, ses grandes cuisses maigres tressautaient de chaque côté du large dos de l'agresseur, un pied déchaussé semblait chercher du secours au plafond, l'autre shootait vers une invisible cible, le reste des collants étripés tirebouchonnaient autour de ses mollets frénétiques, et le violeur, son linge aux jarrets, se déhanchait avec des soubresauts de chien en rut, jetant ici et là ses grands abattis pour clouer les poings, les avant-bras, les épaules survoltés de sa victime qui couinait des borborygmes de protestation.

Muette, paralysée d'effroi, Amélie assistait au viol avec un sentiment mêlé d'infini dégoût, d'impuissance et de tendresse navrée. À cet instant, elle regretta, sans en avoir réellement conscience, le minable et trop coutumier spectacle de sa mère vautrée dans sa débauche personnelle, à quatre pattes dans son vomi, ou écroulée la tête dans ses bras sur un coin du canapé… Elle avait toujours pensé que cette vision était le summum de l'horreur et voilà qu'elle se heurtait à une répugnance bien plus insupportable, voilà que la révolte bouillait en elle comme jamais, la révolte, la haine et l'atroce marée d'un inconsolable chagrin…

Elle ne se rappela jamais comment elle avait enfin trouvé le courage de manifester sa présence, ni comment l'homme était parti. Quand elle repensait à cette affreuse scène, elle ne revoyait que le pauvre visage de sa mère mâchuré par les larmes, son rictus amer bien plus pitoyable que d'habitude, et ses vêtements malmenés, déchirés, pendouillants, qui la déguisaient en pantin chancelant. Et puis il y avait cette traînée de sang sur une de ses cuisses émaciées, et ce geste de sa main tremblante, approximative, ce geste furtif pour l'essuyer, en silence.

Elles ne s'étaient rien dit, toutes les deux. Jamais. Mais Amélie avait gardé au cœur la barbouillure de cette découverte trop tardive : elle aimait sa mère, malgré tout, peut-être à cause de tout… Elle avait arrêté le haschisch, obtenu son CAP, à dix-huit ans, c'était pas dommage, rencontré Jean-Yves. Jean-Yves était gentil, honnête, pas compliqué. Il ne buvait pas. Ils s'étaient mariés. Ils avaient eu trois enfants, tous beaux, intelligents, en bonne santé. Juste ce petit problème de sommeil, les deux grandes qui parlent la nuit, et le petit dernier qui fait des cauchemars, à hurler…

– Bon ! dit le docteur Roy. Et vos problèmes à vous ? Ils ont commencé quand ?

Amélie ne répond pas, tourne vers son époux un œil suppliant. Elle aimerait mieux qu'il raconte, lui.

– Ben, je l'ai dit à votre collègue le docteur Lejet. Il y a longtemps que ça dure. On venait d'avoir Baptiste, donc, c'était il y a cinq ans. Une nuit, je suis réveillé par des douleurs… Amélie était assise dans le lit, à côté de moi, et elle me battait. Elle me battait le sexe ! Je lui demande : « Qu'est-ce qui te prend ? » « Rien », qu'elle me fait, et elle se rendort. Le lendemain, elle s'en souvenait plus. Bon, ça nous a fait rigoler. Quelque temps après, une autre nuit, je faisais un rêve… Un rêve on va dire plutôt… excitant. Et en fait, j'ouvre les yeux, c'était pas un rêve. C'était Amélie, assise sur moi, qui jouait à dada, les yeux ouverts et tout. J'en revenais pas. Parce que d'habitude, c'est quand même pas trop son truc... Hein ?

Il s'est tourné vers elle, toute rouge, qui acquiesce en contemplant ses chaussures.

– Oui.

– Qu'est-ce qui n'est pas votre truc ? demande gentiment le docteur. Ce genre de position, d'initiative ?

– Heu... dit-elle.

– Tout ! précise Jean-Yves Lagoutte. Elle aime pas trop que je la touche. Hein, Amélie, dis-le, le docteur a l'habitude, dis-lui, que ça t'embête, les câlins.

Elle penche la tête, secoue le menton, très vite.

– Oui, avoue-t-elle. Ça m'embête... Ça me plaît pas.

– Mais, dit le docteur, vous avez eu trois enfants, quand même. Votre mari ne vous a pas forcée ?

Elle rit, se détend un peu.

– Oh ! Non ! Pas du tout. Je voulais des enfants. Alors, il fallait bien...

Elle a un petit geste ébauché, très fataliste, pour résumer ses héroïsmes passés.

– Bon, alors votre mari se réveille et vous découvre assise sur lui. Comment vous avez réagi ?

– Moi ? dit-elle. Moi, mais je ne m'en suis pas aperçue ! C'est lui qui me l'a raconté, après. Et je le croyais pas...

– Oui, c'est comme ça que j'ai commencé à me coucher avec le slip sous le pyjama et tout. Et, pas manqué, quelque temps après, je me réveille tout nu dans le lit, elle m'avait enlevé le total, elle gigotait sur moi.

– Moi, j'ai pensé, hasarde timidement Amélie, que tu t'étais déshabillé tout seul. Tu étais peut-être aussi somnambule que moi en fait.

– Oui, mais tu te rappelles après ? Le gag, sur la table. Là c'était pas moi ! C'est là qu'on a commencé à plus rigoler ! ajoute Jean-Yves Lagoutte à l'adresse du docteur.

– Le gag sur la table ? Racontez-moi ? demande celui-ci.

Amélie ébauche une protestation, a un menu sursaut de pudeur malmenée.

– Laisse ! lui enjoint son mari. Il faut tout dire au docteur. Sinon, il ne peut pas comprendre, ni te soigner ! Elle tord la bouche, tout près des larmes. Et lui se lance, après une inspiration profonde, comme s'il allait plonger en apnée.

– Je l'ai trouvée les jambes en l'air sur une petite table de notre chambre, à s'enfiler un tube de déodorant.

Le docteur hoche la tête, impressionné malgré lui. Jean-Yves Lagoutte, encouragé, tourneboulé par l'ivresse du conteur qui tient son public, insiste.

– Et, partout ! Devant et derrière, hein, et pas qu'un peu ! C'était deux heures du matin ! Vous voyez ma tête ? Je lui dis : « Mais qu'est-ce que tu fous ? » Aussi sec, elle se recouche ! Le lendemain plus rien, aucun souvenir, nada ! Et quelque temps après, le coup de la véranda ! Je commençais à mal dormir, moi. Toujours aux aguets, avec ces conneries. J'ouvre l'œil, je tâte les draps. Personne. Elle n'est plus là ! J'allume, pas dans la chambre non plus. Je la retrouve dans la véranda, à se tirlipoter le bonbon !

Amélie renifle.

– Arrête, Jean-Yves !

Il a une moue désolée, et un élan de tendresse penaude vers elle. Voilà qu'elle pleure, sa Mélie ! Il y est allé un peu fort, peut-être. Mais c'est difficile, aussi, de dire les choses sans tomber dans le sketch, ou dans le mélo.

– Ne vous en faites pas, Madame Lagoutte, dit doucement le docteur. Ce n'est pas de votre faute. Vous n'y êtes pour rien. Ça échappe à votre contrôle. Ce n'est pas vous qui agissez la nuit, c'est une autre.

– Oui, c'est clair. Rien à voir avec l'Amélie normale, renchérit Jean-Yves. Et même qu'elle se fait du mal des fois, elle se torture toute seule. Je l'ai prise qui se tirait sur les bouts de sein à se les arracher, que ça m'a dressé les cheveux, rien que de le voir. Elle gémissait de douleur, mais elle s'arrêtait pas. Comme si elle aurait voulu se punir d'en avoir…

Cette fois, Amélie sanglote. Roy lui tend une boîte de mouchoirs. Jean-Yves Lagoutte, conscient d'avoir franchi une barrière, libéré des appréhensions qui, encore l'autre jour chez Lejet, le retenaient de formuler trop précisément, trop scrupuleusement les étapes de son calvaire conjugal, déborde maintenant d'une fougue suicidaire à dire et dire encore, d'un besoin incompressible de confidences éhontées, à la mesure de son drame.

– Et moi aussi, on dirait qu'elle veut me punir. De quoi ? Pourquoi ? Qu'est-ce que je lui ai fait ? Elle m'attache ! Tout ! Les mains sur le machin, avec une ceinture. Une autre fois, elle me le ligote tellement fort que la douleur me réveille, je lui dis : « Tu es dingue ! Tu veux me mettre la gangrène ou quoi ? » et elle, plouf ! elle est déjà retombée sur l'oreiller. Bonjour le repos ! Le lendemain, j'ai les yeux qu'on dirait que j'ai pris des coups de poing. Parce que même quand elle me touche pas, je dors plus qu'à moitié, maintenant. Je l'entends se retourner, clac ! j'ouvre l'œil. Elle s'assied, se lève, se balade. Rien. Je me dis : « Bon, ça va, elle est allée aux toilettes ». Je me rendors, elle a pas été chercher les billes du gosse pour me les mettre ? mais quelle idée ! Me les mettre, oui, dans le… postérieur. Et puis, pas que ça. Une fois, tout un stick de baume indien, vous voyez ce que c'est, trois centimètres de diamètre, j'ai cru qu'elle m'avait déchiré le… "sinsfecter", j'ai hurlé de douleur, j'y ai mis une torgnole.

Amélie pousse de petits aboiements de détresse dans son mouchoir. Le docteur s'applique à l'impassibilité, prend des notes, accuse réception de chaque message d'un petit signe du menton sans outrance, genre : « oui, oui, très classique, des billes dans le fondement, un tube de baume indien, ok, rien d'alarmant… » Et il pense à Geneviève, sa secrétaire. Comment va-t-il mentionner toutes ces situations, tous ces scénarios ? Pas facile de mettre ça sur le papier, surtout quand on sait qu'on est relu. Geneviève va s'appliquer, froncer les sourcils, peut-être qu'elle viendra frapper discrètement à la porte. « Pardon, docteur, je ne vous relis pas bien, c'est bien "anus" que vous avez écrit là ? – Oui, Geneviève, s'empare d'objets arrondis, des billes par exemple, ou oblongs, comme un stick, pour ensuite les introduire dans l'anus de l'époux... » Geneviève en a déjà vu pas mal, depuis qu'elle tape ces observations, mais là, elle risque d'être soufflée. Alors le docteur Roy s'applique, forme chacune de ses lettres avec soin, il ne veut pas que Geneviève hésite, suppute et le dérange à chaque doute. « Un jour, l'époux se réveille avec trois cadenas autour du sexe». Il a bâclé le mot cadenas, un mot clé, si on peut dire. Il le raye, recommence "Cadenas". Jean-Yves Lagoutte, lui, continue de brosser le tableau de son martyre : « J'en avais deux autour des testicules, et le troisième me prenait le sexe et un testicule ! Je vous raconte pas la douleur, et la panique... »

Amélie relève la tête, émerge de son mouchoir.

– Le pire, c'est que je savais même pas qu'on avait des cadenas à la maison, ni où ils étaient rangés...

Le docteur sourit, tente une plaisanterie : « J'espère que vous n'avez pas perdu les clés. » Mais le couple semble ne rien avoir entendu. Chacun se lamente de son côté, lui :

– Et dire que quand je me couche, je vois rien venir. Aucun signal d'alarme, rien ! Je peux pas prévoir...

Et elle :

– C'est trop lourd à porter, j'ai peur tout le temps maintenant. Même de faire du mal à mes enfants, j'ai peur...

– Est-ce que ces comportements se manifestent plus souvent qu'avant ? demande le docteur.

– Mais oui ! C'est pour ça qu'on est là ! s'exclame Jean-Yves. Quand elle m'invente pas des tortures, elle cause. Elle me dit des trucs...

– Que vous comprenez ?

– Tiens, si je les comprends !

– Du style ?

– Heu, du style : « Mets-la moi dans le... » Vous voyez ? Elle qui a jamais voulu que je la prenne par-derrière, elle supporterait pas !... Ou encore, elle me dit, encore plus hard...

– À quelle fréquence, maintenant, ces crises ? coupe le docteur.

Jean-Yves le regarde, perplexe. Amélie se mouche.

– Tous les combien ? précise le docteur.

– Ben, presque toutes les nuits ! Alors on a même essayé de s'attacher ensemble, on s'est ficelé les poignets avec une bande velpo, et quand un des deux bougeait, ça réveillait l'autre. Mais, bien sûr, on dormait mal. Et même plus du tout. On a lâché l'affaire. Pas manqué, elle a remis ça. Je me suis retrouvé avec tout le bazar bourré dans un couvercle de mixer ! Vous voyez pas qu'un jour, elle branche le truc et me les passe à la broyeuse ? Non je vous le jure, conclut Lagoutte, c'est plus tenable. Il faut faire quelque chose, ça me pourrit trop la vie !

– Et moi, donc, surenchérit piteusement Amélie. Je vais me tuer si ça continue !

Elle a une pauvre figure bouffie de larmes. Le docteur saisit son ordonnancier.

*

* *

Richard Lejet a pris des nouvelles du couple qu'il a adressé à son ami psychiatre. Le résumé de la visite et le diagnostic confirmé de sexsomnie n'ont pas laissé de l'étonner.

– Je t'affirme, lui a dit Roy, que la chose est plus fréquente qu'on ne pense ! Tu envisages la souffrance de cette femme, elle cherche des objets quotidiens dans sa cuisine, le couvercle du mixer, ou dans la salle de bains, le déodorant, et elle les retrouve sous l'armoire de sa chambre, arrivés là mystérieusement, et c'est elle, elle, qui les déménage la nuit !…

– J'envisage surtout la souffrance du mari, lui répond Lejet. Quand j'ai vu son hématome, j'ai cru à un méga-choc de sportif ou… enfin, je n'aurais jamais pensé…

– La prochaine fois, tu y penseras…

*

* *

Lejet examine un papy chenu et débonnaire, qui rit tout seul de son avatar. Sa chair bleuâtre abandonnée aux doigts de l'expert, il lui confie : « Je n'ose même pas vous dire comment c'est arrivé, vous ne me croiriez pas… »

La prunelle de l'urologue lâche le sujet de son étude pour se ficher droit dans le regard de l'endolori, avec une sagacité affectée : « Et votre femme ? Qu'est-ce qu'elle en pense ? » La question semble désarçonner le patient, et même l'embarrasser.

– Ma femme, heu… Elle dormait, elle ne s'est rendu compte de rien. Je préfère, d'ailleurs…

– Vous avez tort, assène Lejet. La laisser dans l'ignorance n'arrangera rien. D'autant plus que ça se soigne très bien. C'est de la sexsomnie, pure et simple. Étonnant, mais pas si rare, en fait…

Le vieillard n'est pas sûr d'avoir bien entendu, bien compris. Tout ce qu'il sait, c'est qu'il se gardera d'avouer à Raymonde qu'il s'est déclenché une maladie à drôle de nom, en tombant à cheval sur un barreau de l'échelle. Elle n'aurait sans doute pas le triomphe modeste : « Je te l'avais bien dit, à 80 balais, élaguer tes arbres ! Tu aurais pu te casser le cou ! » Non, il ne lâchera rien, ni qu'il s'est patafiné la boutique, d'ailleurs, pour ce qu'elle la regarde, Raymonde, elle n'est pas près de constater les dégâts, ni qu'il a consulté en douce un docteur.

– En attendant, si ça devait se reproduire, poursuit Lejet, réveillez-la, votre femme !

– C'est vite vu, ça ne se reproduira pas, affirme le grand-père. Je ne prendrai plus de risque. J'ai compris. Dans les entreprises de service à domicile, je devrais bien trouver quelqu'un à embaucher pour faire à ma place des trucs qui sont plus de mon âge ! Elle pourra dormir tranquille, la Raymonde !

Un k morbide

Découverte makabre

Kalinka venait de cracher dans son mouchoir en papier, pour la troisième fois. Qu'il en reste pas, l'idée la répugnait ! Elle se racla même la langue, bien soigneusement, et s'emboqua une pastille de menthe, selon un rite éprouvé. C'est que le Céréalier ne faisait pas semblant, il vous balançait une bouillie épaisse et collante à gerber, et âcre avec ça ! Ah ! Elle les méritait, ses cinquante euros, et tiens, elle en demanderait cinquante-cinq, la prochaine fois, prime de kleenex, on en passait tellement, preuve ce tas de boules froissées qui jonchaient le coin… Et soudain elle s'arrêta, le bras en l'air, ses mouchoirs roulés au poing : le tas habituel, déjà impressionnant, avait gonflé d'incroyable façon, c'était devenu une vraie montagne, à croire que les filles qui, comme elle, venaient se débarrasser du résultat de leurs torchonnages derrière cette haie si pratique où elles en profitaient quelquefois pour s'accroupir, avaient démultiplié le nombre de leurs passes depuis le dernier balayage. Elle s'approcha, alertée d'une intuition désagréable, se pencha pour scruter, dans la lointaine lueur qui émanait des réverbères, là-bas, au-delà des arbres du boulevard, le volumineux monticule, et resta les lèvres et les yeux grands ouverts, élargis par l'horreur du spectacle : entre les chiffonnades claires des papiers, au hasard de leur entassement, apparaissaient un bout de visage, un œil fixe et exorbité, une bouche grimaçante, gonflée, d'où s'échappait la vomissure blanchâtre d'une étrange purée grumeleuse. Sur ce que l'on pouvait apercevoir du menton, cette purée avait débordé, un dégueulis qui paraissait avoir étouffé le gosier dont il était issu, parce que la seule joue visible de la tête semi-ensevelie demeurait distendue, comme surpeuplée d'une chique monstrueuse. C'est le dégoût qui finit par tirer Kalinka de son hypnotique effroi, et, enfin, elle cria.

Début d'enkête

– Elle a été étouffée par une énorme quantité de papier qu'on lui a bourré jusqu'au fond de la gorge, dit le policier.

Kalinka suivait de loin en loin des séries à la télé, quand il faisait trop moche pour aller tapiner au Bois, mais elle n'en avait pas retenu suffisamment de lumières pour dire si le type en face d'elle était commissaire, ou inspecteur, ou juste un keuf ordinaire dans l'exercice de sa fonction. Il s'était pourtant présenté, mais elle n'avait pas fait gaffe, attentive seulement à se tenir loin des emmerdes par une attitude à la fois polie et réservée. Déjà elle s'était bien mordu les doigts d'avoir gueulé sa race devant le macchab, maintenant c'est elle qu'on avait dans le viseur…

– On n'a pas pu encore déterminer de quel genre de papier il s'agit, continua le flic, ni d'où il peut venir, mais dans toute la bouillie qu'on lui a retirée, il y avait un tout petit bout de carton, vraiment petit, un carton glacé, de couleur plutôt brune, et, sur ce carton, une lettre, un K majuscule …

La fille n'eut qu'une exclamation :

– Un K ? ?!!! C'est pas moi !!!

Le type eut l'air surpris.

– Pourquoi ce serait vous ?

– Mais parce que je m'appelle Kalinka, et que c'est moi qui l'ai trouvée ! Ah ! J'aurais mieux fait de la fermer! J'étais sûre, sûre que ça me retomberait sur la gueule !

Le gars eut une espèce de sourire gentiment méprisant :

– On imagine mal, dit-il, quelqu'un qui signerait son crime, puis signalerait la présence du corps… À moins d'une grande perversité…

– Alors c'est peut-être quelqu'un qui m'en veut ?

Le flic devint grave :

– Vous avez des ennemis ?

Elle ne s'en connaissait pas, pas au point de lui coller délibérément les deux pieds dans le pétrin.

– De toute façon, déclara le keuf, ça ne tient pas debout. Quelqu'un zigouille une fille et se débrouille pour que dans la bouillie qui l'étouffe surnage une lettre, une seule. Ce ne peut être qu'un hasard.

Kalinka se pencha en avant :

–Vous dites « une fille », ça veut dire qu'il s'agit d'une copine ?

Mystère du kadavre

On avait effectivement pensé, dès la découverte, à un règlement de comptes de souteneur mécontent de sa protégée. Or sur le cadavre, aucun papier, aucun indice de quelque sorte que ce soit qui pût permettre de l'identifier. Il fallut procéder à une opération de reconnaissance, Kalinka comme les autres prostituées du secteur dut s'y soumettre.

Mais ni elle ni les autres ne reconnurent la fille. Fille qui d'ailleurs semblait une femme d'âge plutôt mûr, la soixantaine à peu près, ce que corroboraient les premières conclusions des légistes. Au moment de sa mort, elle était vêtue sans recherche ni ostentation, d'un tailleur classique qui évoquait plutôt un rang de bourgeoise discrète, quelques bijoux en or, une fine gourmette sans inscription, une montre sans marque connue. Seul son tour de cou sortait de l'ordinaire, il s'agissait d'une très longue chaîne plusieurs fois enroulée, très travaillée, signant un artisanat déjà ancien. Il ne serait pas facile de déterminer son origine, mais on savait en tout cas que le vol n'était pas le mobile du crime, même si on n'avait pas retrouvé le sac de la morte, emporté sans doute pour un motif plus cauteleux que crapuleux.

La victime n'était donc vraisemblablement pas une professionnelle du Bois. D'ailleurs parmi le groupe des tapineuses habituelles des lieux, aucune n'avait disparu.

– Vous vous connaissez toutes ? demanda le type.

– Ben, oui, forcément, une nouvelle ferait pas long feu si elle était pas protégée, présentée, imposée par un jules.

Elle eut un silence troublé soudain, se mordit la lèvre, sembla considérer un point fixe derrière l'épaule de son vis-à-vis, et prononça entre haut et bas : « Ah ! Mais c'est vrai…

– Oui ? l'encouragea-t-il. Vous pensez à quelque chose, à quelqu'un ?

– Une fille devait arriver, une étrangère. Une certaine… Kate.

– Quête ? Vous êtes sûre ?

– Oui, c'est bizarre, hein ?

– Jamais entendu ça ! fit le poulet. Quête… Pourquoi pas… Graal ? Ou …

– Gral, je connais pas, dit la fille, mais Kate, quand même !… Kate Middleton, ça vous dit rien ? Ou Kate Winslet ?

– Ha ! Kate ! réalisa l'enquêteur, et il avait encore son sourire à claques. Bien sûr, vous prononcez ça… J'avais entendu Quête, comme à l'église, vous voyez ?

La fille ne voyait pas.

– Et, continua-t-il, ce qui m'a conforté, c'est que vous avez dit : « c'est bizarre ».

– Je parlais du K, précisa la fille.

– Quel cas ?

Elle soupira. Malgré ses grands airs, il était bouché de chez Bouché.

– Le K, la lettre, l'initiale du prénom Kéïte. Elle avait insisté exprès sur la prononciation, fallait lui mettre les points sur les I à ce gland.

– N'accordez pas trop d'importance à ce K, dit-il, avec une bonhomie condescendante. Je vous le répète, c'est sans doute un hasard. La bouche et la gorge de cette pauvre femme ont été archi-bourrées de feuilles apparemment couvertes de lettres, ou de signes, ce sont, autant qu'on a pu le constater au premier examen, des caractères d'imprimerie, rien n'est encore lisible, mais nos équipes feront parler le… la…

– L'arme du crime ? proposa Kalinka.

– Oui, si on veut, parce qu'après tout, la victime était peut-être déjà morte quand on l'a gavée. Sauf que le médecin semblait dire qu'elle avait beaucoup salivé pour détremper son bâillon.

– Le papier pouvait être mouillé avant qu'on lui fourre dans le bec, objecta la fille.

– L'enquête le dira. Toujours est-il que ce K ne doit sa lisibilité qu'au fait d'être écrit sur un support plus résistant.

– Ça ne tient pas debout, lâcha la fille. Et comme son interlocuteur la regardait avec surprise, elle poursuivit : soit elle n'avait que ce petit bout de carton dans la bouche au milieu de tout le papier, et alors pourquoi ? Comment ? Soit elle avait une certaine quantité de carton, et dans ce cas, on devrait pouvoir voir d'autres signes ou lettres dessus.

– Soit, compléta le flic, le carton, c'est ce qu'on lui a fait bouffer en premier, et on va retrouver le reste dans son estomac. Ce petit bout du K n'a pas été avalé, par hasard, par pur hasard, coincé derrière une dent, ou, que sais-je ?

– Tout de même, ce K, c'est beaucoup de hasards, non ?

La fille semblait inquiète. Elle fronçait les sourcils avec une grâce inconsciente, et le commissaire s'aperçut qu'elle était jolie. Il regarda sa montre. Il venait de passer un sacré moment avec elle, et s'était laissé aller à un bavardage absolument hors de mise dans une enquête de ce genre. Pourtant, il n'avait pas envie de la congédier tout de suite.

– Pourquoi ? demanda-t-il. Parce que vous vous appelez Kalinka, et que la morte, si c'est elle, s'appelait Kate ? D'abord, ce sont vos vrais noms ?

Elle eut un air d'évidence.

– C'te blague ! Pour l'autre, j'en sais rien, quoique je parierais qu'elle s'était choisi un pseudo. Mais moi, pour l'état civil, je suis Janine, alors vous voyez le truc ? Janine, ça fait mémère, ringarde, quoi.

– Oui, approuva le flic, et c'est pour ça qu'il ne faut pas s'étonner, vous avez toutes un faible pour des prénoms exotiques, Katouchka, Kristina, Kalinka, Kate, et j'en oublie sûrement…

– Pas tant que ça, dit la fille avec une moue. Les copines ont pas toutes des blazes de castings pornos, si c'est ce que vous voulez dire. Et d'ailleurs ma meilleure pote, elle a pas ce genre-là du tout, et son nom a rien de…

Elle venait de s'interrompre brutalement, comme éblouie par une révélation.

– Son nom ?… la relança le flic.

– Merde alors, s'exclama la jolie putain, son nom, c'est Kiki !

Kiki au krachoir

Kiki était une bonne grosse et, contrairement à la majorité des putes très enrobées, n'arborait ni minijupe ras le joufflu ni lisières de bas strangulatrices de jambonneaux. Elle était vêtue d'une sorte de kimono de judoka par-dessus un pantalon large. Son visage de poupée, très régulier, se souvenait de racines slaves, et son chignon blond, soigné, étirait encore l'amande parfaite de ses yeux. C'est seulement quand elle s'exprimait qu'on percevait la rue, ou plutôt le trottoir.

Le commissaire qui la détaillait depuis quelques minutes finit par se lancer :

– Alors c'est vous Kiki ? Comme elle hochait le tête, il poursuivit : Paradoxal, je vous aurais plutôt vue vous appeler VOUS Kalinka. Il avait insisté sur le « vous ». Et aussi… en vous croisant quelque part, je n'aurais jamais imaginé…

– Que chuis été une pute ? comprit-elle avec un sourire égayé. C'est ça qu'ils aiment, mes clilles, faut pas croire qu'ils ont tous envie de porte-jarretelles et de soutifs à trous. Chuis comme ça, nature. Elle avait montré, d'un geste qui balayait sa tenue, l'ensemble de sa personne. Qu'ils croyent se taper la boulangère du coin d'la rue, ou leur cousine, ou l'instit' qui les a fait rêver tout gosses. Et puis je m'déloque pas, j'garde mes atours, ça les excite.

Ce n'était guère la façon du policier d'écouter sans poser une rafale de questions, mais pour cette enquête-là, qui pour la première fois l'amenait personnellement dans le milieu de la prostitution, il sentait qu'il valait mieux laisser venir à lui les confidences. Les filles se méfiaient des interrogations précises, soupçonnaient des pièges partout. En leur laissant l'initiative de l'entretien, il leur donnait à penser qu'elles pouvaient le balader, noyer le poisson et ne lâcher que de l'anodin.

À la dernière déclaration de la grosse Kiki, il se contenta d'arrondir interrogativement les prunelles. Elle tomba dans le panneau :

– Oui, moi, ma spécialité, ça demande pas que j'me dégrafe, et par les temps de froidure, au Bois, j'apprécie. Moi je fais dans la douche faciale, voyez ? Pourquoi ? Et pourquoi pas ? Le type s'excite tout seul, des fois même pas besoin de le branler, il me connaît, il sait qu'il va pouvoir se secouer et m'envoyer tout sur la poire. C'est là que les fantasmes interviennent, l'instit' que j'vous parlais, si des fois elle était sévère et qu'il avait envie de vengeance, voyez ? les hommes s'imaginent qu'ils nous crachent à la gueule… moi, après, j'essuie, devant eux, ils aiment… Ou bien j'essuie pas, je garde, je laisse sécher, c'est plus cher. Et ce qui y a de marrant, c'est que j'ai remarqué : c'est bon pour la peau, ça vaut tous les masques. Alors les gonzes ils raquent pour m'offrir des soins que dans un institut, on les paye bonbon, c'est pas jouissif, ça ? Hein, vous voyez, j'ai pas de rides ! Les copines me disent « c'est parce que t'es grosse », non, elles se gourent, c'est l'élixir de corps d'homme…

– Sans compter qu'essuyer chaque fois… remarqua le keuf.

– Oui, on se le dit avec les copines, c'est pas écolo, tout ce papelard qu'on fout en l'air, des forêts entières, paraît.

– Vous en faites quoi, de ce papier ?

– Ben, vous le savez bien, on jette derrière les haies, c'est là-dessous qu'on l'a trouvée, non ?

Soudain une évidence parut l'illuminer :

– C'est avec ça qu'elle a été étouffée ? Avec des kleenex pleins de foutre ?

– Non, dit le commissaire. Du papier imprimé.

– Ah ! fit Kiki ; elle avait l'air presque déçue.

Ils en étaient à parler clients, puisque le flic semblait curieux sans méchanceté, naïf et désireux de parfaire sa culture sociologique du domaine de la prostitution.

– Mais ils demandent toujours la même chose ? Et toujours aux mêmes filles ?

– Tiens ! Quand vous allez dans un resto pour une spécialité, c'est pareil, non ?

– Alors vous, c'est la …

– La douche, ouais, faciale. (Elle aimait bien qu'il lui dise « Vous », ça lui donnait envie d'être gentille.) Mais, bon, y a des exceptions. Par exemple quand Kalinka est patraque, je lui prends quelques-unes de ses pipes. Seulement moi, je turlute avec une capote. Ça plaît pas toujours. Alors pour le Céréalier je fais une exception, vu qu'il est régulier et bien net, et qu'on le connaît depuis une paye.

– Le Céréalier ?

– C'est un nom qu'on lui a donné. On se marre à les baptiser nos habitués. Cui-là, c'était pas original, au début, on l'a appelé comme ça parce que c'est son truc, la céréale, il a une grosse exploitation dans la Beauce, il vient au Bois toutes les deux semaines pour sa gâterie, il aime que ça, se faire souffler dans le biniou, et surtout avec Kal, paraît qu'elle est douée comme pas possible…

– Et après ?

– Après ?

– Vous avez dit : « Au début on l'a appelé comme ça parce que… »

– Oui, et depuis, on l'appelle aussi Porridge, rapport à la bouillie d'avoine qu'il nous envoie, c'est pas de la giclette de tapette, quoi ! Porridge, Kellogs, d'autres noms encore qu'ont rapport aux céréales. Moi, une fois, il a voulu tester la douche. Mais parole, là, j'aurais pas pu laisser sécher, j'étais emplâtrée des cheveux aux nibards, et aveuglée, j'avais rien vu venir, même si Kalinka me l'avait dit, à ce point, j'y croyais pas…

– Kellogs ? l'interrompit le keuf. Il avait l'air songeur.

Kiki koopère

– Si c'est juste le K qui vous intrigue, je veux dire le K de Kellogs, j'ai mieux !

– ?

– Le Kangourou ! C'est carrément mieux, parce que Kellogs, c'est pas toujours qu'on l'appelle comme ça, tandis que le Kangourou, on le connaît que sous ce nom-là !

Le Kangourou était un type vraiment ordinaire, âge moyen, figure passe-partout. C'était son linge qui faisait poirer les filles, et la façon qu'il s'en servait. De ce temps, c'est vrai qu'elles avaient davantage l'habitude de voir les

mecs en caleçon, sauf les pépés, qui restaient au slip, et encore des slips plutôt fantaisie, avec de la couleur et tout. Mais ce client-là, son truc, c'était le bon vieux kangourou en coton blanc, taille bien haute et Coquette au chaud sous la porte à deux entrées. Pourtant pas vieux, le gars, pas ringard pour le reste de sa mise. Pas suspect non plus, pas tordu, pas crade, son planque-saucisse immaculé, comme sa chemise ou son polo. Un pas chiant, pas débectant, demandait rien que de faire un numéro de marionnette avec son Popaul, un coup il lui passait la tête par la fente de droite, un coup par celle de gauche, son ziffolo était tout de suite au garde-à- vous, et pas pour de la rire, encore, une fusée à pas croire, quand elles en parlaient entre elles, les filles étaient unanimes : pas souvent qu'on voyait une telle denrée sur le marché, et le top, c'est qu'on n'avait rien à faire que de le regarder se manipuler. Après deux trois tours de passe-passe, ici, là, re-ici, coucou, re-là, il se la tenait à la base entre deux doigts, comme une cigarette, une grosse cigarette, un cigare, quoi, et l'obligeait à de petits plongeons : « Dis bonjour à la dame ! ». Il déclarait : « Je suis dresseur de zob » et c'est sûr qu'il le dressait bien, y a même des copines qui trouvaient ça dommage, cette belle marchandise perdue, elles finissaient par regretter la passivité à laquelle il les assignait. Elles philosophaient entre elles à son sujet : « Jamais contentes, on est. Il nous obligerait à la sucer, ou il nous la mettrait dans le ventre, comment qu'on renauderait sur les fatigues du métier !
– Oui, mais là, ça va trop loin, ça nous méprise, on sert à quoi, dans tout ça ? Quelles compétences faut pour le regarder s'agiter la nouille ? » Elles étaient toutes d'accord, sauf sur l'appellation « nouille » que d'aucunes en se marrant penchaient pour qualifier plutôt de cannelloni géant. « Cannelloni sauce blanche » avait d'ailleurs failli devenir son deuxième surnom.

– Oui, mais « cannelloni », autant que je sache, même que chuis jamais été douée en ortho, ça s'écrit pas avec un K ?

se permit de remarquer Kiki, prouvant ainsi qu'elle suivait avec intérêt les subtilités de l'enquête.

– Pourquoi « sauce blanche ? », se contenta de répondre le flic.

Ke de K !

– Ben il envoie la sauce, quoi ! Mais pour un cannelloni, on s'attendrait plutôt à une sauce tomate. C'est con, mais on est comme ça, nous autres, au Bois, un rien nous fait marrer, et c'est tant mieux, de l'humour il en faut, avec tout ce qu'on voit, rien déjà, tiens ! qu'au rayon des sauces, entre ceux qu'en ont trop, type Céréalier, et ceux qui restent secs, tu les secoues des heures et y a rien qui vient, ça, c'est la purge du métier, les peine à jouir, alors un zig comme le Kangourou, bien réglé, qui exploite pas l'ouvrière, on se le garde précieusement, on se le passe, vu qu'il exige pas d'avoir toujours la même paire de prunelles braquée sur son théâtre, on se le gâte, même, des petites ristournes ici ou là…

– Donc, coupa le flic qui tenait à garder le fil, « sauce blanche », bon, j'ai compris, il…

Mais Kiki n'en avait pas fini, une sorte d'exaltation lui était venue à parler de son métier, une logorrhée soudaine, inédite, presque enivrante, c'était pas souvent qu'elle pouvait raconter tout ça, et l'autre qui l'écoutait comme si elle avait été très importante, parole, elle pouvait être utile avec son expérience, intéressante autrement qu'en se faisant foutre en pleine gueule, évoquer tous ces trucs sans risquer de choquer, transformer son pauvre quotidien de fille des rues, des trottoirs, des allées du Bois, en témoignage précieux, et ça lui faisait du bien à elle aussi, comme une confession après laquelle on lui ferait pas des leçons de morale, merde c'était comme d'être avec un psy sans raquer la consult, l'essentiel, fallait faire gaffe à pas balancer quoi que ce soit sur les macs, le reste, ma foi, à qui ça faisait du tort ? D'autant que ça rendrait peut-être service dans l'enquête…

– Oui, ben pour la sauce, continua-t-elle, vous avez l'air de trouver ça bête, mais je peux vous dire qu'on en a des pas très catholiques, qui s'amènent avec des pommades pour nous en tartiner, et ils jutent là-dedans, et le pire c'est çui qui se promène avec dans la poche son tube de…

Elle s'était arrêtée, stupéfaite comme devant une trouvaille énorme.

– De ? reprit le flic, intrigué.

– De KETCHUP !

Et donc, elle avait aussi raconté le Ketchup. Il s'agissait de la bizarrerie d'un habitué qui ne voulait baiser qu'avec des filles qui avaient leurs règles. Outre qu'il n'était pas toujours réalisable, son désir inquiétait beaucoup, paraissait plus malsain que n'importe quelle autre fantaisie, et Dieu sait qu'elles en voyaient et qu'elles en exauçaient, les petites sœurs de la braguette ! Elles en étaient arrivées à cette paradoxale parade, qui autorisait la loufoquerie du pékin sans y souscrire vraiment, de se barbouiller intimement de confitures variées. Bien sûr que le consommateur s'en était rendu compte, mais il avait surtout tiqué devant le peu de réalisme du subterfuge employé, la fraise étant trop rose et le cassis trop noir. C'est lui qui avait réconcilié son rêve et la réserve des filles en apportant un jour son tube de ketchup.

Pour faire passer la brûlure occasionnée en des lieux délicats par le vinaigre qui entrait dans la composition de la mixture, il avait d'entrée de jeu multiplié le prix de la passe par trois. Dès lors on se disputait sa clientèle, quitte à devoir, après son passage, s'adonner à des onctions de produits adoucissants. Ketchup était devenu LE chaland à ne pas manquer, sa visite garantissant une économie conséquente et de temps et d'efforts. Une cuisson des muqueuses, au demeurant vite conjurée, contre deux passes en moins, on ne balançait pas longtemps pour apprécier le marché.

– Donc, vous avez, parmi votre clientèle, Kellogs, le Kangourou et… celui dont vous venez de parler, le…

– Le Ketchup, oui !

Le flic réfléchissait et Kiki se trompa en croyant lire dans ses pensées :

– Hein que ça devient drôle, cette collection de K ? Moi j'y trouve vraiment intriguant…

Il eut une moue.

– Affaire de statistique, dit-il enfin. Vous avez combien de clients en tout ? Vous pourriez les compter ?

Elle essaya, naïvement, en les énumérant sur le bout des doigts de ses deux mains. Mais elle renonça en passant la trentaine, d'un air d'impuissance, coins de la bouche plongeants et sourcils arqués haut sur des prunelles songeuses.

– Non, capitula-t-elle. Y en a trop, j'en oublierais forcément, et encore, je parle pas de ceux qu'on connaît pas, qui s'arrêtent une fois sans revenir…

– Alors ! triompha le poulet, vous voyez… Kelloggs, le Kangourou, le Ketchup… Ça fait peu de monde, par rapport à l'ensemble. Ça vous semble étrange aujourd'hui à cause de l'affaire. On aurait trouvé un Q dans la bouche de la pauvre femme, vous vous souviendriez peut-être de tous vos clients en Q.

Kiki ne put s'empêcher de rire :

– Vous avez de ces mots !

Il sourit à son tour.

– Oui, bon, vous me comprenez, en Q, ou en A, en B… que sais-je ?

Elle acquiesça d'un « Peut-être… » dont la langueur signait le scepticisme.

– Quand même, ajouta-t-elle, les noms en K, c'est plus rare !

– Pas tant que ça… dit le flic. Mais il ne jugea pas nécessaire de rappeler que lui-même s'appelait Kirsch.

Koi de neuf ?

Il ne s'agissait donc pas d'une pute du Bois. Pas davantage de la fameuse Kate, qui avait fini par débarquer d'une contrée de l'Est, et aussitôt Kiki, très concernée par l'enquête, l'avait fait savoir à la police. Par ailleurs, aucune disparition n'avait été signalée dans un large périmètre, non plus que dans tout l'Hexagone. Restait à attendre l'expertise du dentiste légiste, et à démarcher les cabinets dentaires, ce qui prendrait un certain temps.

La bouillie de papier extirpée de la bouche, de la gorge et de l'estomac de la morte s'avérait être un conglomérat de pages de livre, très détrempé par les sucs digestifs du corps, mais surtout par une importante quantité d'alcool, type eau-de-vie, qu'on avait dû faire ingurgiter à la victime en même temps, et cette absorption massive avait elle-même été rendue possible par le fait qu'elle avait été conséquemment droguée. Aucun autre résidu de carton, l'unique bout de ce qui pouvait être la couverture du livre restait cette petite parcelle brunâtre estampillée d'un K majuscule et le débris était si exigu qu'il ne permettait pas de voir si le K était une initiale ou une lettre parmi les autres qui composaient sans doute un mot du titre. Et quoi qu'en pense Kiki, les vocables commençant par un K, ou en contenant un, n'étaient pas si rares. Il faudrait mettre une équipe sur le recensement méthodique d'une bibliographie à base de K.

Dudu, qui était sans doute le plus littéraire du staff, avait tout de suite pensé à Buzzati, sans voir le rapport logique que son œuvre *Le K* pouvait avoir avec le crime. Mais c'est lui aussi qui avait suggéré : « Rien ne nous dit qu'il s'agit d'un livre français. Et alors s'il faut se taper la recherche sur tous les titres allemands, ou danois, ou suédois, ou que sais-je encore ? On n'a pas le cul tiré des ronces ! » Il avait raison, d'autant qu'à supposer qu'on retrouve le titre du bouquin, on ne serait pas plus avancé. On était tenté de se résigner à considérer que le bouquin utilisé n'avait été qu'un outil exempt de symbolique, mais Kirsch, lui, n'était pas tout à fait d'accord, et il insista beaucoup pour que le labo essaie coûte que coûte de retrouver quelques mots imprimés sur les pages fatales.

Après trois jours d'efforts assidus, Pierrot, le chef de labo, entrait tout fiérot dans son bureau :

– Voilà ! c'est pas énorme, mais ça tient quand même de la prouesse !, et il tendit une feuille au commissaire, qui lut le résultats de ses analyses et reconstitutions :

« Composition probable de ce qu'on peut considérer comme un livre format 13 par 21 : De 150 à 200 pages, plus une couverture cartonnée glacée qui sans doute représentait une photo. Quelques bribes de texte éparses ont été révélées, sans ordre d'apparition dans le livre :

– Prostit (on pense à Prostituer, ou prostitué,– ée,– ution, etc.)

– Elles sont…

– Le Bo… Ailleurs : … e Boi… ailleurs encore : Bois.

– Neiges. Ce dernier mot apparaît au moins une fois très clairement, et se distingue du reste par son caractère italique. »

On savait au moins que le livre était français, qu'il ne relevait pas d'une édition poche et qu'il pouvait y être question des prostituées du Bois. C'était peu. Quant à ce « Neiges » en italique, il demeurait plus intriguant qu'autre chose par son pluriel qui interdisait de penser à la thèse séduisante d'un trafic de drogue éventuellement dénoncé par l'ouvrage. Avec le K du titre, ça ne faisait pas lourd, et Kirsch se résolut à mettre son enquête entre parenthèses, le temps que soit peut-être signalée une disparition de sexagénaire, ou que les recherches sur les fichiers des dentistes portent leurs fruits.

Et puis Kiki lui téléphona.

Le Killer

– Dingue que j'ai oublié celui-là ! Avec un nom pareil !!!
Kiki s'étonnait de son inconséquence, s'en indignait, ne cessait de s'en excuser. Kirsch, lui, gardait sa prudence.

– Le Killer, ce n'est pas son nom, tout de même ?

– Ben justement, non, on croit pas. Son nom, on le connaît pas, il l'a jamais dit.

– Pourquoi l'avoir surnommé « le Killer » ?

Kiki se redressa, tout son visage de poupée russe exprimait une sorte de triomphe joyeux :

– On l'a PAS surnommé, c'est lui, lui tout seul, qui se présentait comme ça ! Alors ?!!! C'est pas une confession, ça ?

Il ne fallait négliger aucune piste, et bien que celle-ci lui parût un peu simplette, le commissaire se pencha sur la personnalité du Killer, ce qui ne fit d'abord guère progresser l'enquête, mais compléta sa connaissance du monde particulier qu'il était en train de découvrir, à savoir celui des travailleuses du Bois et de leurs étranges clients.

Étonnante plongée... Le Killer paraissait être de loin le plus bizarre client de ces dames. D'abord, il n'affectait aucune préférence, et les honorait toutes à tour de rôle de ses visites. Son truc à lui, d'après Kiki, Kalinka et les autres, c'était l'oreille.

– Enfin, l'oreille, si on veut, avait corrigé l'une d'elles, parce que ceux-là qu'ont le péché, le péché de l'oreille, faut juste leur lâcher quelques belles cochonneries, ça les met en condition des fois tellement fort qu'il leur arrive de partir tout seuls dans leur froc sans avoir pu seulement dégainer. Tandis que le Killer, lui, il prend le temps de les noter, les cochonneries, dans un petit carnet. On suppose qu'après, chez lui, il relit tout ça et se fait son affaire...

– Mais, lui, il dégaine ? avait interrogé Kirsch.

Non, il ne dégainait pas. Son engin, on l'avait jamais vu. À celles qui insistaient, désireuses de vendre une prestation de plus, il avait répondu : « Cherche pas, t'en verras pas la couleur, et ça vaut mieux, tu prendrais peur ! Je suis un vrai cheval, tous mes potes qui le connaissent en conviennent, ça les rend même pas jaloux, ils savent que à ce stade, c'est un handicap. Et les filles qui ont prétendu en tâter se sont fait recoudre. Un vrai killer, d'après elles. Alors si tu veux pas tourner de l'œil, oublie le bazooka du Killer, et contente-toi de faire la Shéhérazade ! »

– Vous connaissez Shéhérazade ? avait douté Kirsch, un rien injurieux.

En face de lui, la fille avait tiqué :

– Y a des putes qu'ont de l'instruction ! Moi, j'ai fait des années de conservatoire, j'ai travaillé le violon, et le *Shéhérazade* de Korsakoff, je peux vous dire que c'était pas de la tarte !

Kirsch soupira. Korsakoff ! Il finissait par douter, la conjuration des K lui prenait la tête. Il se montra brutal, pour la première fois :

– Ouais, bon, tu lui joues pas du violon, au Killer ?

– Alors, on me dit plus « Vous », maintenant ? s'indigna tristement la fille. Parce que j'ai été au conservatoire ? Eh ben, non, je lui joue pas du violon, ni du biniou, ni même du trombone à coulisse, je me fais juste un petit solo de mandoline, mais un spécial, parce que des qui aiment nous regarder nous tripoter, y en a, mais lui, ce qu'il veut, c'est qu'on cause en même temps, qu'on sorte le plus de dégueulasseries possible et il les note …

– Il vous a dit ce qu'il en fait, de ces notes ?

La fille remarqua le retour au vouvoiement, sourit avec un rien d'attendrissement.

– Il dit qu'il fait des livres, genre dictionnaires. Que de venir nous écouter, c'est son travail, qu'il a la chance de mélanger boulot et plaisir, que c'est son régal notre langage, qu'après il nous cite en précisant « Tradition orale, entendu dans le milieu »…

– Vous y croyez ? demanda Kirsch.

La fille ne manifesta aucune hésitation :

– Pas du tout. Ni moi ni les autres. Ce qu'on croit, c'est qu'il en a une toute petite, le Killer, qu'il est pas plus monté comme un âne que pondeur de dictionnaire, qu'il se fait des films et nous on est là pour ça, pour jouer dedans et pour les regarder, actrices et public, voyez, c'est aussi notre rôle.

Elles avaient du bon sens, ces filles, et surtout de l'expérience. Kirsch voyait tout à fait, à travers leurs témoignages, se profiler la personnalité du Killer : un impuissant tracassé d'obsessions paradoxales, un complexé, traumatisé sans doute de mauvais souvenirs, des échecs amoureux, des moqueries, des râteaux et des ratages, comme avait si bien résumé Kiki, un pauvre petit bonhomme sans envergure, sans éclat, ratatiné de la bite, un sans emploi, peut-être, ou sans domicile, il avait l'air plutôt modeste, frêle carrure dans son imper étriqué, des bénouses flottants sur des cuisses maigrichonnes, chauve, si ça se trouvait, vu qu'il portait un inamovible bitos, et surtout cette voix, « une vraie voix de tarlouse », avait dit Kalinka, et l'autre, celle du conservatoire, avait corrigé : « T'es dure, c'est une voix plutôt de castrat, mais mal placée, tu vois, pas travaillée. – Ouais, une voix de crécelle, quoi ! » s'était marrée Kiki, mais les autres ne riaient pas, bonnes filles qu'elles étaient, ça leur faisait de la peine qu'il soit aussi réticent de la libido, parole, c'en était surnaturel qu'il prenne pas la gaule avec tout ce qu'elles lui racontaient en s'écarquillant la chatte, à croire que son crayon qui volait sur les pages du carnet lui tenait lieu de queue, et encore si ç'avait été un stylo à encre, y aurait eu comme une décharge, mais là, la mine restait sèche, fallait qu'il la taille de temps en temps, et ça leur faisait drôle, aux filles, qui en taillaient bien d'autres à longueur de journée…

Les riskes du métier

C'est par pure conscience professionnelle que Kirsch insista : il voulait entendre un exemple des gloses exigées par le Killer.

– Mais, tout ? Vous voulez vraiment que je vous dise tout ce que je lui dis ? s'étonna la musicienne du conservatoire, qu'il avait choisie parce qu'elle avait évoqué *Shéhérazade*, et aussi parce qu'elle s'appelait Nina, ce qui le reposait des Kiki, Kalinka et autres K du cheptel.

Nina avait proposé alors une mise en scène plus évocatrice que le simple interrogatoire dans le bureau du flic, et il n'avait pas trop renaudé. L'efficacité d'une enquête valait bien quelques sacrifices.

Il était donc passé en voiture dans l'allée où officiait la violoniste, s'était arrêté à sa hauteur et, le reconnaissant, elle était montée sans façon. Au couvert d'un chemin feuillu qu'elle lui avait indiqué, le flic avait garé la guinde et s'était tourné vers elle, plein d'une ostensible attente.

– Alors voilà, avait-elle commencé, voilà ce qu'il me…

– Non, avait coupé Kirsch. Ne parlez pas de lui. Je suis LUI. Faites comme si. Exactement.

Nina chercha le plafonnier, donna de la lumière. Elle glissa les fesses vers l'avant du siège, cherchant une position plus oblique, puis tout de suite remonta sa jupe, déjà courte, sur ses cuisses gainées de noir, jusqu'à s'autoriser assez d'aisance pour les écarter largement. Kirsch, dans un souci de vraisemblance, s'était muni d'un carnet dans lequel il prétendait, en toute bonne foi, noter ses observations.

– Regarde, dit Nina. Elle avait une voix plus rauque, soudain, elle prenait possession de son rôle. Regarde : j'ai pas de culotte, et tu me plais tellement que je vais tremper ton siège, faudra pas m'en vouloir, j'ai la chatte qui bave, la moule qui gonfle, rien que d'y mettre un doigt, c'est gorgé, ça se dilate et ça respire, dommage que tu veuilles pas toucher, tu sentirais comme ça respire, comme ça tète, on comprend que ça s'appelle une cramouille, c'est chaud-brûlant-cramé, et mouillé, je te dis pas, à dégouliner, la jute me barbouille les doigts, j'en ai mis deux, maintenant, et bientôt, ça suffira plus, et je vais au fond, oh ! profond à toucher le cul, par-derrière, à creuser le ventre, et que c'est bon ! tiens, zieute que j'ai la main qui brille quand je la sors de là, mais je peux pas tenir longtemps, faut que je retourne, et je sens mon bouton comme une grosse praline, ronde et dure, qui veut que je la caresse, mais si je me pose dessus, adios, je tiens plus rien, tu le sais que ça m'emballe tout de suite, que tout de suite je suis obligée d'astiquer fort, de branler comme une folle, et vise-moi ça, de te le dire, j'ai les genoux qui s'ouvrent à craquer, voilà ! c'est ça ! je voudrais craquer de partout, m'écarquiller comme une bête, me sortir l'intérieur, j'ai envie, une envie folle de ce que tu planques, oh ! salaud ! cochon qui ne veux pas me le mettre, comment que je te le goberais, j'en rêve, et tu vois, je tiens plus ma main, elle a plongé et elle est folle, et l'autre, ah ! j'ai un clito énorme, je t'assure, regarde, tu vois ? tu le vois ? j'écarte assez ? plus, je peux pas, je vais juste tirer sur les lambilles, là, tu vois mieux ? Tu vois la figue bien rouge, toute retournée, toute révulsée ? J'ai la fièvre, là, une température à pas croire, et tiens ! on pourrait me foutre le thermomètre, regarde donc, même mon cul s'est élargi, et ça glisse, là-dedans, comme dans une bouche, en plus serré, allez ? t'as pas envie de m'enculer ? T'aurais le manche complètement dingue de bonheur, je te le jure, serré de partout, j'ai le fion qui suce, regarde, j'ai mis mon pouce, et trois doigts dans le feuilletage, pour faire la pince, et bordel que ça fait du bien ! Je crois que je vais partir tu sais, prendre un panard géant et…

Elle venait de s'interrompre en plein envol, et figée dans sa pose obscène de grenouille renversée, retrouva une voix claire et froide pour demander :

– Mais vous ne notez pas ?

Kirsch eut le temps d'ouvrir sa portière et de jaillir du véhicule. Son orgasme ne demeura clandestin qu'au prix d'une extraordinaire emprise sur lui-même, seule une grimace de contrariété eût pu le trahir, qu'il expliqua par cette fallacieuse plainte :

– Merde ! Mon portable ! Faut toujours qu'on me dérange dans le boulot ! Et il porta la main à sa poche intérieure, se saisit de l'objet, s'éloigna sur le sentier obscur. Nina ne savait pas si elle devait se rajuster, elle se redressa un peu, ferma les jambes, chercha un kleenex dans son sac. Quand l'inspecteur revint, elle ne rabattit sa jupe qu'après en avoir obtenu la permission.

– Oui, ça ira comme ça, lui dit Kirsch.

Elle était un peu dépitée, elle s'était presque attendue à des compliments.

– Ça vous a paru bien ? demanda-t-elle. Vous en avez pensé quoi ?

Elle avait l'air si ingénue qu'il céda à la tentation de la sincérité :

– Belle approche du personnage de Shéhérazade, dit-il. Ce que j'en ai pensé ? J'en ai pensé qu'il faut ne pas être un homme pour résister à votre talent.

Il ne croyait pas si bien dire.

Kirsch koince

Rien de ce que le commissaire avait entendu ne lui semblait révélateur de quoi ce soit qui pût avoir une relation avec le crime. Et au niveau lexicologique, il s'avouait même frustré, étant resté sur sa faim de termes plus originaux, plus spécifiques… N'empêche que le glossaire employé par Nina, pour usé qu'il fût, s'était avéré des plus efficaces, et Kirsch en éprouvait encore des frissons de délicieuse honte à se le remémorer.

À part ce moment un peu particulier de l'enquête, une morne inertie s'était emparée de l'équipe et de ses investigations. On ne savait toujours rien du cadavre, on ignorait le mobile du crime, et bien sûr son auteur. Le misérable Killer, malgré le pseudo qu'il s'était choisi, n'était sans doute pour rien dans l'assassinat de la sexagénaire, si encore il s'était agi d'une pute, on aurait pu imaginer une sorte de revanche, la crise de folie d'un impuissant désireux d'une pénétration hors du commun et définitive, mais même dans ce cas, pourquoi une pénétration orale, et surtout pourquoi avoir élu pour instrument, plutôt qu'un substitut phallique, un livre ?

Kirsch en revenait toujours à la même conclusion : c'est dans ce livre que résidait la solution.

À tout hasard il mit Dudu sur une recherche dont il espérait peu, vu l'ampleur du sujet : il relevait d'ouvrages consacrés à la prostitution, puisque le cadavre avait été trouvé dans le Bois peuplé par ces dames (et ces damoiseaux d'ailleurs, il ne fallait pas l'oublier) et puisque les quelques bribes du texte reconstitué semblaient y faire allusion. Restait à attendre les résultats de la quête de Dudu, et les retours des dentistes contactés. L'enquête promettait de durer…

Tout se trikote

Pourtant… Kirsch avait jeté dans la journée un œil à la première liste élaborée par Dudu, sans trop y croire. Des rapports statistiques déjà vieux, quelques romans connus, la confession d'une pute grenobloise, un dictionnaire… Comme les filles lui avaient dit que le Killer prétendait faire des dictionnaires, il s'était attardé sur le nom de l'auteur, qu'il avait machinalement mémorisé, une certaine Inès Gravelon, universitaire et férue de langages parallèles.

Le soir même, il suivait d'un œil vague à la télé une émission de variétés consacrée à des tubes fanés qu'on tirait du formol avec un attendrissement de convention, et, à l'apparition de Pascal Danel, il éprouva une sorte de nausée, et zappa pour lui couper la chique, parce que ça devenait insupportable : « Elles... te feront... un blanc manteau... Où tu pourras dormir... », clac ! on s'en fout, du Kilimandjaro, qu'est-ce qui passe sur Arte ? C'était pire, une causerie littéraire entre deux bonnes femmes, sur un thème bidon, « Les mots et le sexe », mais on perdait le sujet de vue, l'une d'elles, très sûre, méprisante, assénait des phrases bizarres, sans doute à double entente, « Car MOI je travaille beaucoup, je n'ai pas le temps de me bronzer, Moi », c'était plus cocasse finalement qu'on pouvait s'y attendre, ces fions qu'elle lançait à l'autre qui, oui, était bronzée, et s'amusait de la perfidie adverse avec un flegme qui attisait encore cette sorte de hargne à peine déguisée de la chercheuse ès lexicologie. « C'est sûr que des ouvrages comme le miens nécessitent beaucoup, beaucoup, beaucoup de temps et de travail ! Eh oui, ils me valent parfois la concupiscence de lecteurs, qui risquent la botte... », l'autre se marrait, son visage égayé sembla à Kirsch presque familier, tant il lisait dans ses pensées : elle trouvait visiblement surréaliste qu'on puisse manifester de la concupiscence pour l'agitée qui lui faisait face, très péremptoire et imbue, pas vraiment bandante, le prototype de l'intello fielleuse ivre de sa réussite, un peu le style de ces élèves doués, puants, qui planquent leur devoir dans leur coude pour que le voisin ne copie pas. Le meneur de jeu avait l'air embêté, il cherchait à endiguer sans succès le flot de la lexicographe qui s'adonnait à une masturbation oratoire devenue gênante. « Eh bien merci, Inès, merci, France, pour ce débat... »

Kirsch venait d'éteindre son poste, il était déjà au téléphone.

Le mystère éklairci

L'émission avait été enregistrée quelques semaines plus tôt. Depuis, France Rets, écrivain connu pour son œuvre érotique, n'avait pas réintégré son domicile, mais personne ne s'en était inquiété, elle finissait un nouveau livre et avait prévenu que, comme à l'accoutumée dans ce genre de circonstances, elle resterait dans un hôtel parisien où elle ne voulait pas être dérangée.

Son éditeur confirma que le livre était écrit et même sorti des presses, mais pas encore dans les librairies, ni annoncé, une date stratégique ayant été retenue ultérieurement. Le bouquin racontait la vie des prostituées du Bois ; sa couverture représentait une sorte de montagne blanche assez vague, et, sur fond de ce qu'on pouvait interpréter comme un ciel brunâtre, le titre éclatait en grosses lettres claires : *Les neiges du Kilimandjaro*.

Kiki souleva les épaules, eut une mimique pour souligner l'évidence :

– Bien sûr que ça veut dire quèque chose ! On dit ça, les neiges du Kilimandjaro, pour le tas blanc, là-bas, çui qui diminue jamais, le tas de kleenex, c'est comme des neiges éternelles, quoi !

– Jamais entendu, dit Kirsch, j'ignorais.

Elle le toisa avec condescendance.

– C'te blague ! C'est entre nous, not' langue. Y en a pas beaucoup qui connaissent ! On dit « Faire un tour sur les neiges du Kilimandjaro », ou « Grimper au Kilimandjaro », ça veut dire : Aller aux putes. C'est technique, comme qui dirait. Mais aux clilles, c'est pas des trucs qu'on lâche. Ils s'en foutent, de not' code, eux ce qu'ils veulent, c'est des cochonneries qu'excitent.

– Même le Killer ?

Elle avança une lippe sceptique.

– Ah ! Ça ! Il veut tellement tout savoir, lui, on lui en dit tellement…

Devant la photo d'Inès Gravelon, elle était encore très dubitative.

– Faut demander aux autres, moi chais pas, ça ressemble, mais chuis pas sûre. Fait pas bien clair dans les bagnoles…. Et puis ses cheveux, moi je les ai jamais vus. Je croyais qu'il avait la perruque en peau de fesses.

L'inspecteur insista :

– Imaginez : avec un chapeau ?

– Peut-être… Mais alors, ça voudrait dire quoi ? Que le Killer est une Killeuse ?

– Vous avez tout compris, dit Kirsch.

L'éditeur avait formellement reconnu son auteur, France Rets, sur la photo du cadavre, reconnaissance corroborée par celle de la famille, puis, s'il en était besoin, par le fichier du dentiste de la morte. Son livre, un roman dont les héroïnes étaient les filles du Bois, semblait très renseigné. D'après son entourage, l'auteur n'avait fait que peu d'incursions matérielles sur le terrain même de son récit, s'étant plutôt documentée grâce à des livres, des reportages, des documents traitant de la prostitution.

– Des dictionnaires ? demanda Kirsch.

– Aussi, oui, affirma l'éditeur.

– Elle s'était même fait prendre très violemment à partie par un autre auteur, témoigna sa fille. Une bonne femme qui ne supportait pas qu'elle se serve de ses recherches perso, qui criait au travail usurpé.

– Et alors ?

– Elles se sont engueulées au téléphone, et puis réconciliées, je crois, l'autre, la chatouilleuse du copyright l'avait même invitée à passer chez elle boire un verre. Ma mère devait y aller pendant sa retraite…

– Sa retraite ?

– Oui, enfin, sa période de recueillement et de fignolage du bouquin. Elle avait dit : « Je lui en offrirai un, ça lui fera plaisir… »

Kirsch était étrangement dépité, comme après la fin de chaque enquête. Davantage, peut-être. Il arracha à l'éditeur la promesse de recevoir le livre dès qu'il serait officiellement paru, fit un viron par la Fnac pour trouver le disque de Pascal Danel, *Les Neiges du Kilimandjaro*, qu'il écouta jusqu'à saturation, « Elles te feront un blanc manteau… Où tu pourras dormir… » et mit le point final à sa période de blues en allant voir Nina.

Krapulerie de keuf pour konklure

– J'y crois pas ! C'est dingue ! C'était une meuf ?!!!

Nina était ostensiblement ahurie par la nouvelle. Et alors pourquoi elle se déguisait ?

– Vous seriez montée avec elle, si vous l'aviez vue en femme ? Vous auriez accédé à ses demandes ? Je pense qu'elle vous voulait très naturelle dans l'exercice de votre art, votre… professionnalisme lui était essentiel.

Nina réfléchissait.

– Je me doutais qu'il avait un secret, ce Killer.

– Qu'ELLE avait un secret, corrigea Kirsch. C'était un secret de femme.

– Et pourquoi a-t-elle tué cette France Rets ?

– Elle ne supportait pas que France ait utilisé le résultat de ses recherches. Son travail, quoi, son dictionnaire.

– Ah ! Alors c'était vrai ? Elle faisait des dictionnaires ? Mais dans quel but, si personne ne pouvait s'en servir ?

– Personne… Je ne sais pas, mais pas une femme, en tout cas, pas une femme auteur, reconnue, publiée et… bronzée.

– Bronzée ???

Nina était restée sur son étonnement, Kirsch n'avait pas daigné expliciter. Comme elle s'apprêtait à quitter la voiture, il la retint par le bras.

– Cette fois je vais noter, dit-il. J'en ai besoin pour le juge d'instruction.

– Pareil que la dernière fois ? demanda la violoniste. Elle semblait pleine de bonne volonté.

– Pareil. En plus… détaillé encore, si possible…

Elle eut un sourire, un petit coup d'œil malicieux :

– Pensez à éteindre votre portable avant, alors !

La valse triste

8 décembre 1864. Louise-Athanaïse Claudel, née Cerveaux, a ce jour précis vingt-quatre ans. C'est d'un long cri de rage et de douleur qu'elle célèbre son anniversaire. Sa chair vient de s'ouvrir enfin sous les coups de bélier de l'enfant qui veut vivre. Entre ses cuisses ensanglantées la tête est passée, en l'écartelant, mais la souffrance n'est rien au prix de la découverte qui suit : c'est une fille ! Louise croit mourir de sa déception. Une fille, et aujourd'hui, encore ! Le 8 décembre ! Alors que le deuil du petit Charles-Henri, son premier né, son ange trop vite envolé, n'est pas consommé, alors qu'elle pleure chaque nuit et l'appelle de tout son cœur massacré, de toute son âme frustrée. Le docteur avait dit : « Un autre enfant, tout de suite, et vous guérirez ! » Un autre garçon, peut-être… Mais cette créature incomplète, vilainement fendue, cette parodie sinistre, cette affreuse petite masse gluante qui s'agite sur son ventre ! Louise le sait, elle ne pourra jamais l'aimer. Le tragique pressentiment la fait trembler, on la réchauffe d'une bouillotte, on éponge son sang qui ne cesse de couler, on lui promet que tout ira bien… Les pauvres d'esprit ! « Et comment va-t-elle s'appeler, cette jolie petite fille ? » Louise n'a pas envisagé de prénom féminin. Elle jette dans un souffle, comme on crache : « Camille ». Camille, ça n'a pas de sexe, c'est ambigu, en la nommant, on pourra peut-être oublier sa trahison initiale, cette farce idiote

et cruelle qu'elle a faite de venir au monde pour remplacer le cher petit disparu, et de si mal le représenter.

*

* *

Est-ce parce qu'elles sont nées le même jour ? Camille et sa mère se comprennent sans parler, ou, du moins, se comprennent bien au-delà des mots prononcés. La jeune femme ressasse : « Pourquoi Charles est-il mort ? » La petite fille entend « Tu as pris sa place et je te hais. » Si Camille dit « Maman », Louise y voit un reproche qui ne la culpabilise pas, et presque une provocation. Elle regarde alors l'enfant avec une exaspération qui durcit sa bouche : « Tu es toute sale ! Tu t'es encore traînée dans la boue ! » La gosse sourit à peine, c'est plus qu'un aveu, une profession de foi : « Je serai toujours toute sale. Je me traînerai toujours dans la boue. C'est ma façon d'exister à tes yeux. Tu ne me vois que sale. Mais au moins, tu me vois ! »

Camille sent ce qu'il y a d'atroce dans les paradoxes maternels. Elle en est issue. Tendreté des tissus élastiques, et dureté du cœur. C'est cet amalgame qui l'a distillée pendant neuf mois. Pendant neuf mois, elle s'est nourrie de la chair de sa génitrice, comme un parasite, un cancer qu'on couve avec horreur ; si la sève abondait, le nid tiède où elle se formait avait des mollesses trompeuses. Après la naissance, cet arrachement réciproque et irréversible, la mère s'est figée dans une lointaine répulsion. Plus de ventre, pas davantage de bras, de bouche, de sein, de lait pour la petite voleuse. Camille a deviné depuis longtemps que le tout premier lieu de la vie, cet endroit idéal, magique où commencent à exister les petits enfants, ce sont les rêves des femmes, leurs rêves et leurs désirs, qui germent un jour, prennent racine au fond du corps à force d'avoir été bercés au fond du cœur ; elle, Camille, elle ne vient pas de ce jardin d'Eden, de ce paradis-là. Elle, elle vient d'un cimetière. La mémoire de sa mère, sa souffrance d'amputée, son espérance fallacieuse de ressusciter un petit cadavre, c'est de là qu'elle arrive. C'est sur ce fumier-là qu'elle a poussé.

Alors elle aime les cimetières. Avec leur terre souple et leurs stèles froides, hermétiques. La contradiction de l'accueil et du rejet. Elle aime la forêt, la pluie sur la campagne, les rigoles qui détrempent les fourrés où elle se vautre. Ah ! Comme c'est bon, ce retour improbable aux origines visqueuses ! Se lover en pleine fange, y nager de tous ses membres, y caresser sa joue, y enfouir ses doigts, sa bouche... La terre meuble est une amie, un asile, une matrice, un souvenir et une promesse ensemble. Il y fait bon et chaud, et l'avenir y repose. Il suffit de savoir le dessiner. D'une motte, on fabrique un visage, un oiseau, un chat... De petit vermisseau tapi dans les entrailles fécondes des ravines, on devient créateur, on renverse le système du monde, de rien, on devient tout, de rebut, on devient Dieu...

Et les pierres !... Les pierres géantes de la Hottée du Diable ! Dans ce pays de vent fou et de démesure, dans ce Tardenois torturé, les monstres tiennent conseil. Rochers millénaires aux allures menaçantes, ils gardent la forêt comme autant de sentinelles redoutables. Mais Camille n'a pas peur. Elle les approche de si près que son corps sait chacune de leur forme fantastique. Elle se couche sur la Baleine Pâmée, étreint le Roi Tourmenté, de la bouche et des mains, elle les baise et les flatte, de son ventre, de sa poitrine encore enfantine, elle les épouse. Et de ces épousailles naîtra son génie.

Quand elle rentre au bercail, les joues égratignées, les genoux écorchés, la chevelure malmenée par les ronces des chemins, les yeux hagards et éblouis des visions rencontrées, des étreintes avec l'univers, sa mère ne voit que ses jupons déshonorés. Son père lui prend des mains les silhouettes qu'elle a façonnées, ces fragiles statuettes de glaise, inquiétantes de réalisme. Elle a treize ans, et elle sculpte des têtes de très vieilles femmes, ridées, décharnées, hirsutes.

Alors Louis-Prosper Claudel comprend à quel destin hors du commun elle est appelée, et qu'elle porte en elle un trésor d'ancestrale mémoire, d'intuitive imagination, de douleur sublimée. Sa petite Camille est une artiste. Voici un autre paradoxe dans la vie de l'enfant prodige : la mère est dure et le père est tendre. La mère est un mur, une pierre, une tombe. Le père est une route ouverte, il vous enveloppe et vous pousse comme le vent de l'aventure, comme lui il parle de liberté. Quand les sentences et les invectives tombent des sèches lèvres maternelles, lui chante la chanson de l'espoir.

*
* *

Son premier sang lui est venu. Elle a été tour à tour effarée, exaltée. Elle y a vu la blessure qui tue et la signature de la vie. Le ruisseau pourpre qui s'échappait d'elle, honte et gloire mêlées, l'a anoblie de féminité, avilie de vulnérabilité. Elle a eu envie de crier sa joie, sa délivrance, l'ivresse d'avoir grandi, l'assurance de devenir elle-même, et, le jour d'après, elle éprouvait l'épouvantable abattement des bêtes malades, salies d'humeurs mauvaises. Son corps était en fermentation. Ses seins poussaient, son ventre frissonnait, toute une alchimie mystérieuse la martyrisait et l'enfiévrait, une passionnante métamorphose la jetait, bras en avant, contre les créatures minérales de la Hottée du Diable, où elle pressait sa chair dans un élan impatient mais innocent encore.

Et puis son père l'a inscrite à l'atelier de Monsieur Alfred Boucher ! Enfin un regard averti sur ses gestes innés, sur ses mains en travail ! Enfin la reconnaissance d'un semblable, et cette connivence qui unit les âmes abreuvées d'un même secret, d'une même ambition. Devant ses œuvres, Boucher hoche la tête et parle de Paris. Maintenant, elle sculpte ; ses productions ne sont plus de vagues créatures inspirées d'on ne sait où. Elles évoquent l'histoire, la mythologie, elles ont des noms comme des enfants qu'on baptise. Ce sont ses enfants à elle, elle les porte, elle les façonne, elle les met au monde, elle les nomme. Ses enfants de plâtre et de terre, des rejetons faciles, dociles. Devant son *David et Goliath*, on s'écrie : « Mais vous avez pris des leçons avec M. Rodin ! »

C'est la première fois qu'on associe son travail, son talent, avec ceux du géant. Camille farouchement se défend. Elle a fabriqué ses enfants toute seule, sans autre levain que celui de son génial instinct. Et pourtant, le rapprochement l'a chamboulée d'orgueil. Même si elle ne sait pas encore qu'on vient de prononcer des bans fatidiques à jamais indissolubles. Rodin n'est alors pour elle qu'un patronyme illustre, qu'une réputation enviable. Quand elle le rencontre, quatre ans plus tard, son art n'a rien à apprendre du maître. Mais son corps, lui, tremble, à la seconde même, de se soumettre et de se révéler. À l'image du tempérament cyclique de Camille, à l'image de son prénom ambigu, de toute sa jeune existence jusque-là écartelée, le coup de foudre est terrifiant et merveilleux. Il la plie, la moleste, l'estomaque, il l'illumine et la transcende. C'en est fait d'elle, elle aime atrocement, elle aime magnifiquement Rodin et lui appartient pour toujours. Son flair sûr l'avertit qu'un mortel combat vient de commencer, et, enflammée d'avance, piaffant de s'élancer dans cette lutte de titan, elle se prend à rêver de dompter le marbre, de tailler l'onyx. Tout a durci en elle, une âpreté nouvelle lui souffle des appétits de colosse et des rêves de bronze.

Il faut dire que Rodin est un bloc. Un beau bloc haut, carré, massif, et lui aussi cultive des paradoxes de brute raffinée. De son vaste coffre émane une voix douce, entre ses pattes d'ours naissent des formes suaves, des courbes polies, il burine et il cisèle, il martèle et il patine, chaque besogne lui sied, du coup de cognée du bûcheron à l'époussetage mignard de l'orfèvre, il rudoie et enchante la matière, il crée de la vie avec l'inertie, la froideur, la rigidité des supports. Camille le regarde travailler et perçoit dans ses propres mains, dans ses doigts, dans ses poignets les ondes de choc des coups qu'il assène. Quand il lisse à longues onctions sensuelles, elle frémit. Un étrange phénomène la dédouble, elle devient à la fois le travailleur bourru, l'artiste esthète et le personnage qui naît de ses soins, elle est le marbre fier d'abord puis adouci, elle est cette femme nue où il promène ses paumes, elle sent sur son épaule, sur son sein, la pression et la caresse du créateur qui reconnaît et savoure son œuvre... Tout son corps bout, son âme brûle. Comme elle voudrait, elle aussi, sur lui, avoir le même pouvoir, et de sa seule présence, de sa seule ardeur, bouleverser le maître, en faire un sujet consentant, un objet recueilli... À peine formulé, à peine soupiré, son vœu est exaucé.

Rodin la visite sous la grande blouse, la fouille, la dénude, il cherche en elle les places vives, les places chaudes, plus douces que la peau, plus troublantes, plus compliquées, il cherche le cheveu, le poil, l'attrape à toutes ses crinières, la pétrit comme une argile, il pénètre la glaise perméable de son ventre affamé. Elle devient son œuvre, il la bouscule, la sépare, la troue, la cloue, elle a mal et elle crie de bonheur, l'amour est le plus grand sculpteur du monde ! Et bientôt, elle se rendra compte qu'à son tour, sur l'amant, elle possède cet ascendant, cette puissance, à son tour elle le façonne et le construit, au secret du corps épais, viril, le malléable existe, de tourbe molle la chair clandestine devient, contre elle, entre ses phalanges, entre ses lèvres, un émouvant rameau qui salue le désir, puis une œuvre dure, parfaite, une arme voluptueuse avec quoi faire l'amour comme on fait la guerre, corps à corps. Rodin, le statuaire statufié, Rodin au sexe sorcier, rigide comme un paros, velouté comme une terre cirée. Quand il l'étreint, quand il s'enfonce et voyage en elle, c'est comme si Camille recevait, avec le bonheur fou, l'art même, comme si sa source personnelle s'abreuvait d'un affluent généreux et que cet affluent se voit comblé, réciproquement, du flot de sa passion à elle. Ainsi travaillent-ils ensemble, comme ils s'unissent, chacun nourri de l'autre, dans un échange permanent d'idées, d'inspiration, d'enthousiasme, ainsi travailleront-ils comme on danse, enlacés, emmenés par le même élan, entendant le même appel, la même valse, et l'un suivant l'autre, et l'autre entraînant le premier, leur vie et leur œuvre mêlées devraient ne plus jamais ressembler qu'à cela, cette valse envolée, tourbillonnante, d'envies, de projetset de gloire accomplie…

Quand Camille sculptera *La Valse*, presque dix ans après, c'est toute l'histoire de leur amour qu'elle racontera dans la figure de ce couple éperdu, en déséquilibre. Lui semble la guider, la maintenir, mais il la ploie plus qu'il ne la soutient. Et elle ? S'offre-t-elle au baiser ou lui résiste-t-elle ? Vont-ils s'abandonner au vertige du désir ou bien succomber aux charmes vénéneux de leur relation coupable ? Leur reddition sera-t-elle consentie, délectable ? Sera-t-elle un échec, une meurtrissure honteuse ?

Le double tempérament de Camille, son âme tiraillée entre audace et terreur, exaltation et démission, éclateront dans cette œuvre où elle confiera l'immense bonheur, l'immense malheur d'avoir connu Rodin, d'avoir marché dans ses pas, d'avoir abdiqué pour lui, par lui, son renom personnel, et l'expression crue de son talent… Car *La Vals*e évoque aussi leur fausse complicité, leur rivalité inégale, le statut tout puissant du mâle qui s'arroge des droits et des succès interdits aux femmes : la sensualité, la nudité des corps, l'élan avoué vers le plaisir. Lui, dans ce duo, dédaigne la pudeur, montre sa chair sans retenue. Elle est drapée d'une traîne absurde qui dérobe ses formes, dont elle émerge à demi seulement, et que la bienséance hypocrite lui a dictée. Mais loin de lui offrir un laissez-passer pour la gloire des salons, ce rideau emphatique l'empêtre, et son cavalier le retient et le piétine comme s'il voulait à la fois cacher son amante, l'immobiliser et provoquer sa chute. Voilà toute la carrière de Camille, toute sa vie : semi-clandestine, freinée de toutes parts, mais ravagée d'ambition inaboutie, de passion bafouée, et aspirée, malgré elle, vers la décadence et l'effondrement. Parce ce que tant de peines sont advenues qui ont miné peu à peu sa confiance, refroidi son ardeur, glacé sa fièvre ! Rodin le traître a promis qu'il l'épouserait. Mais il ne quitte pas Rose, il ne la quittera jamais. La souffrance est vive. Il lui dit : « Ce qui existe entre nous ne finira pas, c'est comme un lien du sang. Je suis ton créateur, c'est moi qui t'ai faite. » Lui qui l'a faite ! La révolte l'empoigne, la secoue. À coups de maillet, de burin, de ciseau, elle se venge sur le marbre. Tête dure de Rodin ! C'est Moi, moi qui vais te faire ! Comme on ne t'a jamais fait. Sans pose, et sans modèle. De mémoire. Je suis cette jeune femme aux yeux clos, celle que tu admirais il y a peu, et derrière mes paupières serrées se presse ton image effrontée, insupportable de morgue. Rodin prétentieux. Rodin haï ! Tu te souviens, Rodin ? De mes plâtres d'il y a deux ans ? L'homme penché, c'était toi. Accablé, solitaire, sans défense. Et devant Sakountala ? L'homme à genoux, implorant, l'homme ridicule à la virilité flapie ? Toi encore ! Et tu n'en savais rien !

Dans la poussière et les éclats, dans le bruit et la fureur, au fil des coups d'ébauchoir, Camille tranche le lien le plus fort qu'elle ait jamais connu dans sa vie. Le divorce est déchirant, et elle l'accomplit seule, comme déjà, seule elle a sacrifié, au profond d'elle-même, au plus caché, au plus sensible, l'enfant ignoré de Rodin. Parce qu'il n'a rien vu, le monstre, rien senti ni deviné. Ni ses grosses pattes toujours en chasse sur la proie tendre de son ventre, ni cette racine empoisonnée qu'il lui plante en pleine chair comme une épine n'ont décelé le grandiose avatar, et Camille, dents serrées sur son énigme, l'a laissé se perdre, l'a contemplé devenir un ogre aveugle et sourd, dénué d'amoureuse intuition. Quand la matrone l'a percée pour la délivrer de l'abcès qu'elle eût dû mûrir comme une perle, elle a pensé à sa mère, à tous les reproches de sa mère : « Pourquoi es-tu née ? Pourquoi as-tu vécu ? Pourquoi toi, et pas Charles ? Je n'aurais pas dû te garder ! »

La détresse se pare des reflets du souvenir, mais l'enfant sacrifié qui a déserté ses entrailles hante son cerveau malade, son cœur dévasté, ses doigts sans repos. Comme elle a façonné Rodin, pour se l'approprier définitivement, elle sculpte *La Petite Châtelaine*, un visage de fillette si doux, si sérieux, pathétique de confiance, et ne se décide pas au choix de sa coiffure. Tant de vieilles chauves ou échevelées, embroussaillées sont sorties de ses mains que cette petite demoiselle sage et docile, avec sa tresse proprette, la ravage d'un doute exagéré : natte droite ou natte courbe ? Des jours à hésiter, à ébaucher, des jours à caresser la joue, à baiser la bouche, à ordonner la chevelure de cette charmante, délicieuse mignonne, châtelaine de son cœur, de ses rêves, reine de ses désirs, ce fantôme d'une petite Camille mal aimée, rejetée, ce fantasme d'une petite fille qu'elle n'aura jamais. Le passé, l'avenir se confondent, tout est vide et douloureux, tout fait mal. Plus tard, elle sculptera *L'Implorante*. Et personne ne s'attendrira de l'attitude de cette jeune femme nue, agenouillée, les bras levés, les mains vides. Paul, le frère infatué de sa propre gloire, le frère méprisant pour les errances de sa sœur, se lamente : « Implorante, humiliée, à genoux, cette superbe, cette orgueilleuse, c'est ainsi qu'elle s'est représentée. Implorante, humiliée, à genoux et nue ! » Parce que *L'Âge mûr*, cette autre œuvre de la même époque, montrera une amante délaissée cherchant à retenir en se traînant le vieillard que lui ravit une rivale incertaine, figure allégorique de la mort, ou caricaturale de l'épouse. Mais les mains vides de *L'Implorante*, elles, ne supplient pas, ne s'humilient pas. Elles divaguent, elles extravaguent, elles étreignent un petit corps absent, un enfant-roi qu'elles élèvent vers le ciel comme une offrande précieuse et dérisoire. Qui peut comprendre sans connaître son terrible secret ? Qui peut traduire cette nudité de la mère dépossédée, et cette folie en marche, cette hantise d'une femme en mal d'amour, en mal d'enfant ?

Camille désormais suscite le scandale en exprimant sa souffrance. Sa mère déjà disait « Tes cochonneries » pour évoquer ses œuvres. Autour d'elle, on s'offusque, on ne retient, de ses plaintes minérales, de ses aveux de plâtre, de ses confidences d'albâtre, que l'obscène et le torturé, le grimaçant ou l'indécent, et l'on ne parle plus, bientôt, que de ses excès. La renommée lui vient de ses débauches quand on a boudé son génie. Elle boit. Elle puise dans l'alcool ce qu'il faut d'espoir pour contempler l'aurore ou de hargne pour mordre à la vie comme une chienne affamée. Sa *Clotho* résume à elle seule tous les cahots de son existence, les montagnes russes de ses états d'âme successifs. Clotho, vieillarde chauve et androgyne, aux seins flétris, vidés, inutiles, cacochyme sorcière qui pourtant, des Trois Parques, était celle qui donnait le jour… Voilà comment Camille envisage le fil tordu de son existence. À l'origine, une hideuse marraine, et, depuis, rythmiquement, la terreur de lui ressembler, la hantise de la vieillesse, de la mort, de la déchéance que cependant, elle organise à la façon d'un long suicide. Parfois la menace l'écrase. C'est une vague d'onyx, inéluctable, qui va noyer sans pitié des baigneuses vulnérables comme elle, et comme elle minuscules… Et puis il y a des sursauts : *La Fortune*, *La Vérité sortant du puits*, ces belles figures de femmes déhanchées qui, dans un même mouvement, la tête sur l'épaule et les bras envolés, semblent danser le flamenco de la revanche. Et de nouveau la mélancolie, le rêve au coin du feu de cette silhouette fragile, appuyée au marbre dur, les mains jointes dans l'impuissance et la lassitude. Et encore des souvenirs si doux, l'abandon des amants nus, enlacés, lui humble à ses pieds, elle pardonnant, la main sur son cœur pour un serment chaste.

Chaste ! L'horreur du célibat forcé, la frustration de la solitude torturent ses sens et sa mémoire. Et c'est un regain encore, d'appétit, d'audace, sa *Joueuse de flûte*, sans regard, la mine extasiée, avance des lèvres de courtisane pour une partition osée, un baiser provocant. L'instrument qu'elle enserre et qu'elle honore, défie, de son élan phallique, les convenances fades. Tête renversée, elle y aspire la sève nécessaire, le rêve et l'ivresse. C'est une de ses dernières œuvres accomplies, avant l'explosion finale, avant le fracas de sa folle rébellion qui jettent, dans la nuit de son atelier, ses créations contre les murs, ses enfants au néant. *La Joueuse de flûte*, c'est l'adieu à l'amour, au plaisir, à la volupté. C'est le serment ultime, le souvenir souverain, le bilan prophétique : « Rodin, je t'ai aimé jusqu'à me perdre, corps et âme, j'ai adoré ta loi, je l'ai subie, trahie, dénoncée, et je ne veux garder de toi après tout cela que la mémoire réduite et incendiaire de ce morceau de chair durcie dont tu prétendais fouailler ma vie, et orchestrer mes émois. Je t'ai aimé jusqu'à la folie, et je préfère la folie orgueilleuse, la souvenance lancinante, à l'abdication de mon génie dans ton ombre, et au silence consentant, humilié, de ma jalousie muselée. Tu disais m'avoir enseigné à trouver de l'or et que l'or trouvé resterait à moi. Je garde mes trésors. Ni toi ni les autres, jamais, ne pourrez me les prendre. »

Les paradoxes extrêmes vont maintenant lacérer Camille, et la perdre. De l'or à l'ordure, de l'ambition à la déréliction, de la prolificité à la stérilité, du cri au silence, Camille tombe, et se laisse enfermer. La prison est d'abord imaginaire, et puis, quand son père, son protecteur premier et dernier meurt, le reste de la famille la condamne à la geôle d'un asile. Sa mère, enfin, 49 ans après sa naissance, s'en débarrasse et peut oublier, au profond du cachot, l'enfant terrible dont elle ne voulait pas. Alors Camille photographiée, immortalisée assise et résignée, rejoint le cimetière dont elle n'aurait jamais dû sortir. Elle qui animait la pierre, insufflait la vie à la matière, devient, peu à peu, par l'étrange sortilège d'un destin maudit, une statue intemporelle, insensible, mains croisées, tête penchée, bouche désabusée, en attente d'éternité.

Il faudra encore très longtemps, plus d'un demi-siècle après sa mort, pour qu'on salue son génie. Et, ironiquement, autant que les amateurs d'art et que les critiques éclairés, les scientifiques se passionneront à l'étude posthume de son cas. Comme si, au-delà de la mort, la malédiction la poursuivait, comme si sa fragilité, sa démence éclipsaient encore et à jamais l'éblouissante lumière qui l'habitait. La psychiatrie moderne en a fait une maniaque persécutée, réduisant son instinct grandiose de survie et sa puissance visionnaire au délire paranoïaque. Mais qui, ayant subi, en naissant, le regard mortel d'une mère gorgone, d'une Méduse haineuse, qui eût survécu avec autant d'énergie et de fougue créatrice ? On ne se remet pas de la douleur immense d'avoir suscité le rejet, de la douleur immense d'une non-reconnaissance. Camille, elle, l'a vécue plusieurs fois, et s'est laissé rattraper par la fatalité qu'elle avait cru défier. Mais il reste d'elle cette *Valse* époustouflante, tourbillon, spirale et vertige pour dire qu'elle a souffert autant qu'elle a aimé, résisté et succombé ensemble, et que son frêle équilibre, compromis toujours, et toujours suspendu, a fait toute sa force et sa beauté.

La Désaxée

Sa mère ne l'avait pas gardée. Confiée dès sa naissance à une amie pas spécialement douée d'ailleurs pour la puériculture, mais elles s'arrangeraient bien, toutes les deux, la génitrice encombrée et la nourrice de fortune, pour venir à bout du problème. Ce n'était pas un abandon, pas vraiment, puisque elle reviendrait voir sa fille de temps en temps, aurait un œil sur son éducation, sa croissance, passerait un moment par-ci, par-là avec elle. Un œil, tu parles !

Sa mère ne l'avait pas gardée, mais pire, elle ne l'avait pas regardée. Pas assez. Ou alors méchamment. Critiques, moqueries, dédain, surtout à l'approche de l'adolescence. Jalousie sans doute, mais peut-on s'en rendre compte à treize ans ? Et puis cette fragilité, cette faille énorme qui donnait le tournis : d'un côté une femme rieuse, légère, inconséquente, coquette, avide de plaisirs, champagne et musique, lumières, regards des hommes aguichés sur sa plastique de comédienne cabotine et provocante, de l'autre la mégère triste, acariâtre, désenchantée, la bouche pleine d'invectives, les yeux durs sur le monde et sur tout ce qui l'entourait. Capable d'aller danser et boire toute la nuit, ou de se coucher à 19 heures en disant : « Démerde-toi, j'en ai ma claque, je file au pieu ! » Même les soirs de Noël, les soirs de fête, d'anniversaire. Et le lendemain, pour un rien, les bouchons qui sautent et le pick-up à tue-tête dans l'appartement, avec cette impatience si on résistait à son entrain : « Allez, fais pas la gueule ! T'es encore plus vilaine quand tu fais la gueule, ton museau de chien, tes paupières qui plongent, et ce nez ! Où t'as été prendre ce nez ? Il ressemble à rien, ce nez ! Et mets une ceinture ! Je me demande si un jour t'auras une taille... »

Tout y passait : des fesses qui promettaient d'être plates, un ventre mou, les seins, ah ! oui, si on pouvait parler de seins, pour l'instant des boutons de culotte, mais ils tomberont vite, va, d'abord ils poussent, et puis tout de suite, tu verras, tu as pris de ta grand-mère, ils seront trop lourds, et coiffe-toi ! Tire-moi ça en arrière, ça dégage la figure, quand on a un vilain nez, ça sert à rien, une frange, qu'à montrer qu'on veut cacher la merde au chat !...

Elle s'était scrutée des heures dans la glace, les mains cruelles à se remonter les paupières, à se tirer sur le nez, à imaginer des coiffures, comme ci, comme ça, de profil, de trois quarts, elle avait fait des exercices abdominaux, des assouplissements de taille, et quand sa mère la surprenait, elle émettait un petit pet de lèvres très désagréable qui disait son mépris, son peu de foi dans les tentatives filiales, sa certitude que tout était joué d'avance, un museau de chien reste un museau de chien, surtout quand celle qui en est affublée fait toujours la baube.

La baube et le museau... Elle était persuadée, Norma, de ne pas avoir de visage. Pas de figure. Même pas de face. Juste ça, un museau. Le nez qui jappe à la lune, et si elle essayait de sourire, c'était pire d'après son impitoyable juge, ça lui plissait tous les traits, et là, un pékinois !

Alors quand à quatorze ans, quelqu'un a parlé de sa « frimousse », quand un autre a évoqué son « minois », la grande révolution a commencé. Le coup d'envoi d'une métamorphose spectaculaire, l'éclatement d'une chrysalide longtemps claquemurée. Un vrai miracle. Ils étaient photographes, tous les deux, les diseurs de gentillesses, de paroles rédemptrices, les guérisseurs de l'âme, les prophètes. Qu'est-ce qu'elle foutait là, à se faire tirer le portrait ? Elle ne s'en souviendrait jamais, seulement qu'avec ces simples mots de « frimousse » et « minois », ils avaient pesé sur son destin comme s'ils lui avaient refait la binette et tout le reste à coups de bistouri génial, ils l'avaient illuminée d'une révélation éblouissante et toujours, toujours, elle vouerait à leur corporation une gratitude sans limite. Le désir de leur plaire, de les inspirer, de susciter leur regard admiratif, leur envie de muer son image en œuvre d'art, serait la seule vraie ligne conductrice de son existence désormais consacrée à se donner à voir.

En deux ou trois ans, elle était devenue modèle, mannequin, comédienne au théâtre, et désormais elle était non pas une femme, mais La Femme. Avec leur aide précieuse, bien sûr. Tous autant qu'ils étaient, les artistes du flash, les spécialistes du portrait, les Michel-Ange de la photo posée et les as de l'instantané, tous ils saluaient unanimement la plastique de leur sujet, mais aussi cette aptitude à se laisser observer, contempler, mettre en scène, disposer, elle prenait si bien la lumière, une bénédiction, et tellement, tellement photogénique, c'en était dingue ! Ils se régalaient, donnaient leurs ordres qui n'étaient même plus des prières ni des demandes polies, elle semblait aimer ça, qu'on y aille franco, qu'on la tutoie, pourvu qu'après, on lui montre le résultat, et pourvu que ce résultat fût gratifiant. Il l'était toujours, cette fille avait une grâce en elle dans la docilité, une souplesse dans l'attitude, un naturel même pour les poses les plus apprêtées, les plus suggestives, au contraire, on eût dit qu'elle raffolait de se couler dans ce moule du bel objet érotique, de la femelle chaude et disponible, elle allait plus loin que les pin-up des calendriers, ne dédaignait pas de remonter sa jupe à l'extrême limite du possible, de faire saillir ses adorables seins des balconnets exigus qui les soulignaient plus qu'ils ne les contenaient, d'écarter les cuisses pour que l'œil de la caméra s'insinue bien loin au profond de son intimité, elle se couchait, se lovait, se roulait, tendait le menton comme une chatte caressée, fermait à demi les yeux, esquissait des baisers de ses lèvres crémeuses, ils approuvaient : « Oui, comme ça, la moue ! Très coquine, ou gourmande, ou un peu salope, tu vois ? » La moue... Encore un joli mot, comme frimousse ou minois, qui faisait oublier « salope », elle s'en foutait d'être une salope, pourvu qu'elle soit jolie, elle leur donnait tout ce qu'ils réclamaient, la main sur le ventre, plus bas, à peine, ou sur le genou, plus haut, entre les deux genoux, encore un peu plus haut, ou les deux paumes sous les seins, tu les présentes, tu les tends, tu les offres, tu as envie qu'on te morde, qu'on te tète, tu les presses un peu, tu les caresses...

Bien sûr, elle n'y avait pas échappé, elle avait posé nue. Plus tard, on lui demanderait des explications, et elle répondrait : « J'avais faim », ce qui lui vaudrait un pardon ému et collectif. Ce n'était pas un mensonge, elle avait eu faim, encore s'agissait-il d'une faim particulière qui jamais, jamais ne se rassasierait, la faim dévorante, destructrice d'une reconnaissance absolue et fervente, le besoin inextinguible de susciter dans les regards ébahis d'admiration la convoitise sacrée, impossible, qu'on voue aux icônes trop parfaites.

*

* *

Il y eut très vite le cinéma, et l'engrenage resserra ses rouages inéluctables. Autour d'elle gravitaient des équipes entières dont la préoccupation essentielle était de la préparer, habiller, coiffer, maquiller, de la regarder encore et encore, de la dévisager, de la scruter, examiner, inspecter, de juger les formes et les couleurs qui la mettaient en valeur, d'aviser les détails microscopiques qui pouvaient troubler, au bon ou au mauvais sens du terme : l'échappée d'une mèche, l'entrebâillement d'un col de chemisier, la nuance d'un rouge à lèvres, le fini du polish de ses ongles, on la repoudrait, on crêpait ici et lissait là, on faisait bouffer la jupe, on en tirait l'ourlet, on resserrait la ceinture du pantalon, on renvoyait la nuisette, pas assez transparente, on cousait sur elle la robe qui devait la mouler à la perfection, épouser sa taille mince, ensacher ses fesses voluptueuses, révéler ses cuisses charnues en même temps que fuselées, coller son petit ventre sensuel… Ils avaient des mots charmants, des mots tendres et flatteurs, ou gourmands, ou charnels, pour évoquer son corps, son visage, tout ce que sa mère n'avait pas aimé, tout ce qu'elle avait dénigré et raillé, et méprisé, et rien n'était trop bon, trop audacieux, trop brutal même des compliments qu'elle pouvait recevoir, qu'elle savourait comme des gâteries délectables. Elle jouissait aussi bien du « Ravissante ! » presque plaintif de ce metteur en scène plein de savoir-vivre que du « Putain, ce que t'es bandante ! » de cet autre très mufle, rien ne l'offensait pourvu qu'on sût la regarder, qu'on promenât sur ses formes pulpeuses savamment sculptées par des habilleuses de génie des yeux bouleversés, ou ravis, des yeux salaces aussi, il y en a qui bandaient de la pupille, qui salivaient de la rétine, et c'était ça qu'elle aimait, la miss, les voir s'éclairer d'un appétit même vulgaire, elle lisait dans leurs prunelles son reflet magnifié par les artifices des sorciers qui d'abord l'avaient préparée pour la cérémonie du tournage, par leurs onguents et couleurs, leurs crèmes et gloss, leurs laques, leurs gels, leurs reflets en pommades, leurs brosses à rouleau, leurs limes, leurs crayons, leurs houppettes, leurs bâtonnets, elle leur avait tout abandonné, tout concédé, les paupières closes par la volupté de se laisser apprêter comme une poupée, une mariée, une geisha, une putain docile et amoureuse de son image, consentante définitivement à tout ce qui pouvait l'exalter.

Au début, elle n'avait pas de caprice. Presque pas. Les loges sans confort lui importaient peu. La seule chose qu'elle exigeât, c'était un miroir. Puis deux, face à face. Plus grands, que je me voie toute ! Elle pouvait se regarder des heures.

Et si elle se faisait attendre sur le plateau, c'était d'abord à cause de ça, cette frénésie, cette gloutonnerie à se contempler longtemps, insatiablement, une fois prête elle repassait par la loge, jaugeait le travail des maquilleuses, du coiffeur, tournait sur elle-même pour apprécier le tombé d'une jupe, s'exerçait à des mines, des poses, des mouvements de cou, des battements de cils, des simulacres de baisers à lèvres offertes, à paupières mi-closes, cherchait à se séduire, à se troubler, à s'épater. Son narcissisme n'agaçait pas, il émouvait plutôt. On y voyait le fait d'une femme-enfant émerveillée du conte de fée qui la sacrait princesse, la revanche d'une petite fille modeste et même pauvre, d'une sorte d'orpheline mal aimée, mal accompagnée sur le chemin de la vie. On ne se trompait guère, sans pressentir cependant les symptômes déjà d'une folie qui allait l'entraîner inévitablement à sa perte. Narcisse était mort de savourer son image, mais à l'époque où elle les rendait tous dingues à s'attarder devant les glaces, personne n'y pensait encore.

Elle voulait aussi voir les prises. Toujours. Mais ce qui l'intéressait n'était pas le travail du réalisateur, ni celui des techniciens, encore qu'elle accordât une importance particulière à l'éclairagiste, ni le rendu des scènes enregistrées. Ce qui l'intéressait, c'était ses cheveux à elle, mèches, blondeur, reflets, ses yeux à elle, ombre bleue, ou grise, ou mauve, ses lèvres, brillantes, bien soulignées, juste plus pâles au milieu, avec leur adorable forme de cœur, ses seins, invisibles et offerts, décolleté plongeant ou petit pull moulant, sa taille, ses fesses, ses cuisses, ses jambes, ses pieds, mignons petits pieds à l'exquise cambrure, elle vérifiait tout, la tenue des fards, de la coiffure, l'exacte proportion des vêtements, leur savante façon, qui la transformait en créature de rêve, en parfaite égérie du désir amoureux, en objet précieux de convoitise sexuelle. Le catalogue des teintes qu'on lui faisait porter s'étendait à l'infini. Tout lui allait, elle était belle en bleu ou en vert, mais le rouge la déguisait en fruit pétillant qui vous mettait l'eau à la bouche, le grenat la métamorphosait en bijou, le blanc la rendait pulpeuse et crémeuse comme un dessert, le noir la magnifiait, le rose l'éclairait, le violet la transcendait.

C'est peut-être par là qu'a vraiment commencé le vertige, que s'est dessinée la fêlure : elle hésitait, elle ne savait pas choisir, même si on ne lui demandait rien, même si ses tenues étaient arrêtées au cours de brainstormings qui lui passaient au-dessus de la tête, elle aurait aimé pouvoir dire : « C'est ainsi que je me préfère. C'est ça ma couleur à moi, ma couleur fétiche, celle que j'ai toujours adorée, celle que ma mère me mettait le plus souvent, je le vois sur les photos de mon enfance, maman me le disait, que j'étais si mignonne comme ça… ».

Dingue qu'à partir d'une bête hésitation sur le choix d'une couleur, on puisse arriver à dériver de la sorte, jusqu'à en avoir envie de pleurer, c'était le whisky, à tous les coups, ça vous attendrissait niaisement, surtout avec ces cachets, ceux-là même qu'on lui avait conseillés quand elle avait avoué : « Non, jamais eu de malaise jusqu'à présent, mais je me sens… bizarre en ce moment. Oui, triste et fatiguée. » On faisait attention à elle. À ses états d'âme. À ses coups de pompe. Le film n'était pas fini.

Elle n'avait pas connu de docteur. Ses rhumes de gosse, ses angines et son entorse de la cheville avaient été soignés avec les moyens du bord et des remèdes de bonne femme. Depuis qu'elle était actrice, on lui avait glissé déjà plusieurs fois des cartes de médecins, elle avait d'abord pensé qu'il s'agissait de sollicitude, de bienveillance. Un jour elle réalisa que pour entreprendre un tournage, une firme avait besoin de connaître l'état de santé de sa vedette phare. Car elle était désormais une vedette phare, ce qui ne la consolait qu'à peine d'une découverte décevante : on ne l'aimait que pour son nom, et cet impact si particulier qu'il avait quand il était question de signer un contrat. Elle pensait avoir fait son deuil de l'amour de sa mère, elle avait renoncé sans grande douleur à l'amour des hommes, rencontrés trop tôt, épousés hâtivement, elle avait couché avec eux sans éblouissement, instantanément dépossédée de cette ivresse si particulière que leur désir lui procurait. Accéder à ce désir, c'était en faner le charme, en ruiner la magie. Faire l'amour revêtait à ses yeux l'ennuyeuse apparence d'une formalité à laquelle il fallait souscrire quand on avait épuisé toutes les délices de la parade amoureuse, et là ne résidait pas l'essentiel de son plaisir. Elle se fût contentée allègrement d'être ce qu'il est convenu d'appeler une allumeuse. Mais elle était entrée dans une carrière où, le croyait-elle, on ne peut pas ne pas coucher. Cela aurait manqué de sérieux…

Lui restait l'illusion de l'amitié, d'une certaine forme de tendresse protectrice qui lui semblait émaner de l'ensemble de ses mentors, de ses metteurs en scène et producteurs. Quand elle réalisa qu'on s'inquiétait non de sa santé mais de son aptitude à tenir le coup, à aller jusqu'au bout de l'entreprise, à terminer le film (Le film ! Elle en avait eu jusqu'à 5 ou 6 en chantier la même année ! Fallait-il qu'elle soit costaud, non ?), une mélancolie supplémentaire l'accabla, et s'accrut ensemble le besoin d'adjuvants fallacieux qui commencèrent vraiment à la détruire. Ses docteurs jusqu'à présent s'étaient appelés coiffeurs, maquilleurs, manucures, masseurs, couturiers. Maintenant, elle invitait à son chevet les mauvais soirs les docteurs Alcool et Barbiturique. C'était des urgentistes, ils paraient au plus pressé, conjuraient la crise, malaise de l'âme, vide existentiel, envie de mourir. Elle finissait par s'endormir lourdement, non rassérénée, assommée seulement, ils avaient pratiqué une anesthésie ponctuellement salvatrice, mais dont les lendemains déchantaient affreusement.

Le pire, c'était cette atteinte à son image. Traits tirés ou bouffis, teint gris, et, à force, stigmates sur son corps aussi, sa chair fondait, elle maigrissait, ses seins superbes soudain capitulaient devant la prédiction maternelle : « Ils tomberont », ils étaient comme creux, comme morts, des chiffons, le bustier ajusté qui tenait hier par la grâce de ses beaux fruits tendus bâillait, la jupe tournait sur sa taille, accusait un vilain pli sur son ventre moins voluptueux, ou bien au contraire, elle avait gonflé, et plus moyen d'enfiler quoi que ce soit sans tout déchirer, les habilleuses renaudaient, une surtout qui avait son franc-parler : « Putain qu'est-ce t'as foutu ? Des plombes à ajuster cette merde, et tu ressembles à une saucisse ! »

*

* *

Le coup de la saucisse l'avait décidée à consulter pour de bon. Elle s'était assise en face du type qui avait l'air assez froid, les mains croisées sobrement sur son bureau, visiblement prêt à tout entendre. Et elle avait attaqué direct.

« Je pense que tout le mal vient du fait que je me fais l'amour toute seule. Pas comme vous pouvez croire. J'ai ma façon particulière. Je me regarde. Je me plais. Je me désire. Et le seul rapport que je voudrais avoir avec les autres, c'est juste ça. Je voudrais qu'ils me regardent aussi, comme je me regarde. Qu'ils me désirent jusqu'à en devenir fous. Et qu'ils ne me touchent pas. Ça ne me dégoûte pas qu'ils me touchent. Mais ça me gâche tout. Dès qu'ils posent les mains sur moi, c'est fini. Je ne les aime plus. Et je sais qu'ils ne m'aiment plus non plus. Bientôt plus. C'est ça ma vie. Avoir tout le temps envie et besoin des caresses de leurs regards, de leur désir, faire tout, tout ce qu'il faut pour allumer ce feu en eux, qui me réchauffe aussi, qui me brûle. Mais il faudrait que je m'arrête à temps, avant le dernier verre, celui que je ne finis jamais, qu'ils m'enlèvent de la main avant de se pencher sur mon épaule, mon cou, ma poitrine. Vous voulez savoir comment ça commence exactement ? Ça commence quand je m'habille le matin ; enfin, le matin, vers les deux-trois heures. Je choisis la robe qu'ils m'enlèveront le soir. Des robes, j'en ai des centaines, des pulls, jupes, pantalons, une garde-robe incroyable. Des couleurs variées à l'infini, elles me vont toutes. Mais les formes et les matières sont plus répétitives. Une règle absolue : faut que ça colle, que ça moule, que ça dessine, que ça révèle. Des crêpes fluides qui dansent autour de mes genoux, mais avant de froufrouter là, ils ont tellement serré mon ventre comme un étui qu'on voit mon nombril à travers le tissu, le relief, la forme de mon nombril, comme un œil qui cligne. Non, je ne porte pas de linge dessous. Pas de culotte, de slip, jamais. Vous savez que lorsque je suis allée voir les GI's, j'avais une robe légère qui couvrait mes fesses mais les montrait quand même, à force de s'y insinuer. J'ai découvert ça il y a longtemps, qu'avec une robe qui vous entre dans la raie, on peut rendre un homme totalement gaga ! Et moi, mes fesses, elles sont lourdes et pleines, elles bougent toutes seules quand je marche, quand je danse. Sous une jupe souple, c'est géant. Quand je pense qu'on m'a fait les gros yeux parce qu'on s'est aperçu que j'avais posé pour des photos déshabillées ! Ce que les gens sont bêtes ! On est bien plus à poil dans une robe qui plaque, dans un bustier dont la bretelle tombe. Encore une règle, voyez-vous : des hauts très décolletés, c'est bien, mais ça ne vaut pas les pulls collants ras-du-cou qui laissent voir le bout dur et dressé des nichons, et ceux dont la bretelle, toujours très fine, tombe sur l'épaule. Alors en fin de soirée, vous avez inévitablement un éperdu qui passe son doigt sous le ruban, avec délicatesse, parce qu'ils font tous semblant d'être très très délicats, avant, et s'ils savaient ce que je m'en fiche, de leur délicatesse de pacotille, je sais très bien qu'il y a un gros truc dur dans leur pantalon qui les mène par le bout du nez, un gros truc qu'ils finiront par me coller entre les cuisses en râlant, j'avoue que je râle aussi, je me force, j'ai remarqué que ça va plus vite quand ils croient que ça me plaît… Mais moi, ce qu'il me plaît d'avoir entre les cuisses, c'est leur regard piégé, c'est leurs petits coups de mirettes furtifs, ou plus appuyés, de toute façon, je les vois me zieuter, j'adore ça, je leur en donne tant qu'ils veulent, tant qu'ils peuvent, et eux, les pauvres, qui ne se rendent pas compte que je fais exprès d'écarter les jambes, de les croiser haut, de me lever vite, de m'asseoir doucement, de tricoter des gambettes pour leur rincer la rétine, ou alors ils se disent : "La salope ! Elle joue avec mes nerfs ! Elle en veut ! Elle va en avoir !" Ils ne comprennent rien, je n'en veux pas, j'en ai, tant qu'ils n'ont pas glissé la phalange sous ma bretelle, pas fait mine de la rajuster ou au contraire de la libérer complètement. À partir de là, de la bretelle qu'on touche doucement, je sais que j'ai fini de jouir et que commence la fin de l'histoire. »

Le gars l'avait entendue sans interruption, sans manifestation spéciale, avec une attention sérieuse et même grave, il avait juste bougé ses mains, les avait croisées plus étroitement et amenées sous son menton qui s'y reposait désormais. Pour elle l'impression était neuve. Un type la contemplait sans tic, sans mouvement de paupières, sans sourire entendu, ou charmeur, ou ostensiblement charmé, un type la contemplait et l'écoutait. Il semblait boire ses paroles, et rien ne paraissait devoir le perturber, elle se demandait si en croisant haut les genoux – elle portait une robe droite assez courte et bien sûr très ajustée –, elle parviendrait à capter, à diriger son regard. Mais elle renonça à la tentative aussitôt qu'envisagée. Elle n'était pas là pour ça, et elle avait peur, très peur, absurdement, que le docteur se laisse embobiner comme les autres, ou qu'il ne se laisse pas embobiner. Les deux occurrences la blessaient d'avance.

Quelques jours après, elle entrait dans le cabinet avec un rouleau de papier sous le bras.

– Je vous ai apporté quelque chose ! déclara-t-elle.

Elle avait l'air moins fatiguée, et cependant le docteur remarqua qu'elle n'avait fait aucun effort vestimentaire, tenté aucun effet de coquetterie. Elle portait des lunettes de soleil derrière lesquelles ses yeux n'étaient pas maquillés, un foulard noué sur la nuque qui dissimulait à peine des mèches grasses sans apprêt, un jean, une chemise d'homme qui lui tombait vaguement à mi-cuisses.

Elle lâcha l'élastique qui tenait le rouleau serré, de grandes feuilles colorées se séparèrent avec un bruit caractéristique de papier froissé, elle eut un petit rire sans joie :

– Vous entendez ça ? Le chant du fric ! On dirait qu'on feuillette des biftons, non ? Des liasses ! C'est un peu ça quand même. Ce qu'il y a là, c'est des affiches. Ils le savent, que j'aime bien me voir, ils m'en envoient d'un peu partout, France, Italie, Allemagne. Ça me permet de savoir…

– De savoir ?

– De savoir comment on me regarde, là-bas, comment on me considère.

– Regarder et considérer, c'est pareil ?

Elle marqua une seconde de surprise, ne répondit pas, entreprit de séparer les grandes feuilles gigognes.

– Ce sont des dessins, dit-elle. Plus intéressant que des photos, plus révélateur. On sait ce qui frappe l'artiste, ou ce qu'il veut mettre en avant.

– Ce n'est pas le cas des photos ?

– Pour les photos, je suis concernée. Je pose, je suis là, c'est presque moi qui la fais, la photo. Moi qui décide. Les dessins, ils sont faits à partir de photos, mais il y a une grande distance entre les deux. Le dessinateur est plus libre. Il adapte. Il y a des affiches où je ne me ressemble pas. Où je suis laide, même.

– C'est que l'artiste manque de talent, sans doute.

– Non. Mais il n'a pas d'hypocrisie. Rien à me devoir. Je suis loin quand il fait son truc, il le fait comme il l'entend. Après, je vois ça, et je pige… Tenez, par exemple, regardez !

Elle choisit dans la liasse un document, posa les autres à terre et présenta la feuille à deux mains, comme on brandit une banderole.

– Vous voyez, ça vient d'Italie. 1950, *Giungla d'Asfalto*, eux, au moins ils ont gardé le titre, *Asphalt Jungle*.

– C'est important ?

– C'est plus respectueux, de tout, du travail de John, de ce qu'il a voulu dire. Les Français ont traduit *Quand la ville dort*, rien à voir ! Visez l'affiche : vous comprenez ces buildings dressés, derrière, hein ? La jungle, la loi de la jungle, et la menace, c'est cette forêt de trucs qui se tendent, pointus, arrogants.

– Ce serait une allusion sexuelle ?

– Tiens, c'te blague ! Et moi, là-dessus, vous remarquez comme je me détourne ? Ils ont tout fait pour me rendre bandante, des seins comme des obus, la bouche entrouverte, parée et maquillée, coiffée, impeccable, abandonnée et tendue à la fois, mais le regard ailleurs, dégoûtée, quoi, la tête tournée du gosse qui ne veut pas sa purée.

– Sa purée ?

– Oui, régalez-vous de mes trouvailles, déduisez ce que vous voulez, vous n'êtes pas si loin du compte ! Oui, dégoûtée de la purée, j'ai bien dit. Et puis ces couleurs, le bordeaux, le vert, le vin et l'eau, le feu et la glace, et ma main soumise, ongles faits, sur mon genou, et l'autre, invisible dans mon dos, peut-être que je fais le poing, allez savoir…

Elle venait d'arracher un sourire au docteur.

– Oui, dit-elle, je vous entends penser : vous vous dites : « Qu'est-ce qu'elle fait là ? Qu'est-ce qu'elle est venue chercher ? Elle n'a pas besoin de moi, elle se fait sa psy toute seule ! »

Le docteur sourit encore et dit seulement :

– Montrez-moi une autre image.

Elle pinça à deux doigts une seconde feuille, l'exhiba largement comme la première.

– Toujours les Ritals, dit-elle, mais là, c'est différent. Plus question de refuser la purée ! Ils ont traduit *Don't Bother To Knock* par *La tua bocca brucia*, vous pigez ? *Ta bouche me brûle* ! On ne voit même pas mon corps, pas la peine, juste les lèvres entrouvertes, comme ça, c'est pas un sourire, pas une grimace, pas un oui, pas un non, c'est seulement « Allez-y ! rêvez ! Je suis là pour ça ! » Vous voyez à quoi je fais allusion ?

Le psy se pencha par-dessus son bureau pour scruter l'image plus précisément.

– Vous êtes très belle là-dessus, et c'est très ressemblant.

Elle tordit la bouche.

– J'en ai une autre, comme ça, avec mon visage en gros plan. Ce qu'ils appellent mon visage, tenez, regardez.

Elle brandit une nouvelle feuille.

– Vous voyez la progression ? C'était deux ans après, *River Of No Return*, même coiffure, même bouche rouge, en plus vulgaire, une grosse bouche de clown du sexe, et les yeux encore plus fermés, le regard aminci de la poupée aveugle…

– Ou de la femme provocante, objecta le psy.

– Oui, l'un n'empêche pas l'autre, surtout qu'on voit le haut de mes épaules nues !

– Cette femme nue et très apprêtée émerge d'un flot impétueux.

– Oui, ça ressemble à un rêve…

– Encore ?

– Pourquoi encore ?

– Vous venez d'en parler, vous avez dit à propos de la précédente affiche : « Allez-y, rêvez, je suis là pour ça ! »

La remarque sembla l'atteindre, une émotion furtive passa sur ses traits, elle dit :

– Bravo ! Vous savez écouter !

– Moi aussi je suis là pour ça ! dit-il.

Un instant il crut qu'elle allait se mettre à pleurer. Et puis elle se raidit et son ton se fit brusque :

– Enfin, ce flot, vous le voyez comme moi, tout le monde le voit, tout le monde peut comprendre, même les plus cons, ce flot blanchâtre, c'est du foutre ! Et moi, je suis là…

– Vous dominez, vous régnez, il ne vous atteint pas !

– Mais vous n'avez donc pas remarqué ? Pas saisi ? Elle criait à présent, légèrement enrouée et sa voix tremblait comme au bord des sanglots. Je suis là en bas aussi : toute petite, sur ce radeau perdu, sur ce fleuve déchaîné, mais nom de Dieu ! Regardez donc ! Je tiens une pagaie et je m'en sers comme une godiche, on dirait que je joue de la guitare avec ! En fait, ce n'est pas une pagaie, c'est un pieu, un machin long, raide, qui m'encombre et me rend gourde. Qui ? Mais qui va croire à cette histoire de radeau à la dérive et de son équipage à la gomme, un type devant, l'air viril, farouche, décidé, et deux connasses derrière, une épave accrochée qu'on jurerait tordue par l'envie de dégueuler, et moi, là, debout, minable, inconsciente du danger, décolletée, ah ! ça ! oui ! dépoitraillée, avec la fameuse bretelle qui tombe jusqu'en dessous du mamelon, et je me tiens sur ce rafiot comme si je m'en foutais, comme si les cataractes de foutre qui vont m'engloutir me laissaient parfaitement indifférente, uniquement préoccupée de garder mes cheveux en ordre et mes seins présentables ! Et en plus, ils m'ont fait un cul horrible dans un jean informe !

– Il s'agit de l'affiche originale ? demanda sobrement le toubib.

Elle s'essuya le nez du dos de la main.

– Non, c'est la version allemande.

– Alors ne cherchez pas à trop interpréter votre attitude : ils vous ont fait les yeux, le regard, l'expression de Marlène Dietrich ! C'est plutôt flatteur, non ?

Ce jour-là, elle était partie très en pétard, en criant : « Je me fous de Marlène Dietrich ! », et sans prendre le temps de solliciter, de noter un autre rendez-vous. Mais quelques semaines après, elle se faisait annoncer par une secrétaire embêtée, n'osant pas lui objecter que le docteur n'avait pas prévu de la recevoir.

Derrière son bureau, le psy la regardait approcher, les mains sous le menton, à croire qu'il n'avait pas bougé du tout depuis la dernière fois. Comme il ne disait rien, elle se crut obligée d'expliquer :

– J'avais oublié mes affiches !

– Elles sont là ! dit-il, et il se pencha pour attraper le rouleau sous sa table.

–Vous les avez regardées ?

–Oui.

–Alors ?

–Aucun intérêt. Je veux dire sans votre regard, votre interprétation.

Elle s'assit sans qu'il l'y ait invitée, animée soudain, presque agitée.

–Mais si ! Si ! C'est intéressant au contraire ! De me dire comment vous, vous les comprenez, comment un spectateur neutre les perçoit.

–Vous pensez vraiment que je suis un spectateur neutre ? Qu'il puisse seulement exister à la surface du globe un seul spectateur neutre de ce qui vous concerne ? Et l'espérez-vous, au moins ? Ne seriez-vous pas totalement désappointée en constatant qu'on soit capable de vous regarder, même sur une image, de façon neutre ?

Il l'avait désarçonnée. Elle accusa un silence ponctué de soupirs tremblés, comme si elle avait longtemps pleuré. Le psy manipula le rouleau, entreprit d'en extraire une feuille précise.

–Vous avez l'air de penser qu'on vous voit uniquement comme un objet sexuel. Mais sur celle-ci, il y a du sentiment, de la passion peut-être, aucune allusion à la chair, au corps…

–Montrez ? Qu'est-ce que c'est ? Ah ! *Niagara* ! L'affiche italienne. Oui, c'est une scène de baiser, quoi, et moi, les yeux mi-clos et la bouche entrouverte, pas de surprise !

–Pour un baiser, c'est normal !

–J'ai toujours la bouche entrouverte, baiser ou pas, et même ouverte, grande ouverte. Vous savez ce que ça veut dire ? Que je suis une idiote, une gourde qui gobe tout, tout, même ce que vous pensez. Ils me font bouffer leur queue, et je dis toujours oui. Sur cette affiche que vous me montrez, vous avez vu seulement le baiser, deux têtes qui se rapprochent, les lèvres qui vont se rencontrer, mais comment vous comprenez le type en pied, là, à droite ?

Avec son air crispé ? Hein ? Il attend son tour ! Et ce jabot que le dessinateur m'a collé sous le menton ? C'est pas un jabot. Pas de la dentelle, allez ! c'est encore une fois du foutre, un gros vomi blanc de foutre qui dégueule de ma gorge, qui tombe, un niagara de foutre, tout le trop-plein de ce que j'ai avalé les yeux fermés, et tout en bas ces deux petites silhouettes de rien du tout, ces deux minuscules mecs qui se battent, au pied de la cascade de foutre, vous voyez ? Ça pourrait me faire honneur, qu'on se bagarre pour mes faveurs, « mes faveurs », joli mot pour dire mes pipes !

– Ça vous plaît ?

– ???

– Ça vous plaît de vous traîner toute seule dans la boue ?

– Alors c'est ça ? Vous croyez que je me fais jouir en me disant que je suis une putain, la putain du cinéma ? C'est votre façon de voir les choses ? Vous croyez que je viendrais ici, à vous regarder tirer votre gueule froide de hareng inexpressif si j'en étais là ?

– Bon, dites-moi, et celle-ci ? Là aussi, vous avez raison, vous avez la bouche ouverte. Mais vous riez, largement, vous exultez, vous êtes la joie de vivre personnifiée !

– Ah! Celle-là! *There's No Business Like Showbusiness* ! oui, celle-là, elle est spéciale. Mais ce n'est pas moi !

– Pas vous ?

– Vous avez vu mon visage ? Une poupée, un poupon, même, rond, avec des fossettes, j'ai quel âge là-dessus ?

– Quel âge ! Mais vos seins, vos hanches…

– Oui, c'est leur truc, ils font de moi une femme-enfant, c'est encore plus drôle quand ils me sautent. Un fantasme, vous savez, un vieux fantasme. Cette affiche, elle est espagnole, comme l'auberge, il y a tout là-dessus, on y voit ce qu'on veut : un voile de mariée, des falbalas de meneuse de revue, des bracelets de moukère, une danse orientale, une frimousse de gosse… C'est pas moi, c'est… un patchwork !

– Mais vous, VOUS ? D'après vous, ce serait quoi ?
– Si je le savais…

*
* *

Elle revenait régulièrement, quoique librement, dédaigneuse de s'assujettir au carnet de rendez-vous du docteur. Elle jouissait de ce privilège particulier d'arriver sans s'annoncer et de se voir reçue dans la demi-heure qui suivait, et ne semblait pas en éprouver de gratitude spéciale. Elle se pensait un cas, un cas urgent sinon désespéré, là résidait son seul orgueil, il lui plaisait d'imaginer que le psy cogitait sur son mal-être, sa quête d'identité, son dégoût profond et son addiction de la séduction, son besoin d'exprimer l'inexprimable, fût-ce avec des mots d'une crudité à présent presque automatique. Car elle en était arrivée là, une porte s'était entrebâillée sur une possible libération, qui passait d'abord par la formulation brutale, triviale, de son ressenti. Jusque-là, elle avait parlé comme elle s'habillait, avec une recherche certes un peu vulgaire de la provocation mais aussi une naïveté, une fraîcheur, une grâce qui savaient marier les couleurs et choisir les formes seyantes à son adorable silhouette. Mais de même qu'elle avait renoncé, pour venir chez lui, à ses tenues de pin-up, en élisant systématiquement des jeans et des chemises sport, des foulards cache-misère, en omettant de se coiffer, de se vernir les ongles, de se maquiller, elle tenait maintenant un langage dépourvu de fioritures qui, dans sa bouche, porté par sa voix de petite fille, résonnait presque tragiquement. Cependant le psy n'avait plus fait mine de s'en préoccuper, il l'écoutait chaque fois avec la même placide attention, la même acuité bienveillante, et rien que pour cela, pour cette mansuétude qu'il semblait accorder à chacun de ses propos, elle sortait de chez lui parfois bouleversée, mais toujours consciente d'un progrès accompli sur le chemin de la sérénité.

Un jour elle en vint à lui dire :

– Vous êtes un père pour moi.

Et comme il souriait modestement, mais avec un rien de scepticisme dans le regard, elle poursuivit :

– C'est vrai, vous savez ! Je le pense ! Je n'ai pas eu de père, de véritable père. Mais eux tous, tant qu'ils sont, en fait, comme vous, ce sont des pères pour moi ! C'est eux qui m'ont faite, et donné un nom, un nouveau nom, je veux dire, rebaptisée, ce n'est pas rien, un nom que tout le monde connaît, et vous, vous m'aidez à me faire, aussi, petit à petit…

– Mais, « eux », tous tant qu'ils sont, comme vous dites, vous couchez avec, parfois ? On ne couche pas avec son père, vous le savez ?

La réflexion la blessa. Son visage devint dur, elle dit sèchement :

– Reprenons ces putains d'affiches ! On n'en avait pas fini !

C'est elle qui attrapa le rouleau, le manipula nerveusement.

– Tiens ! Celle-là, et celle-là, et la troisième, là ! Visez-moi ça ! *The Seven Year Itch* !

– La première est assez innocente, semble-t-il.

– Oui, j'émerge de derrière un bandeau noir, très décolletée, comme d'hab, bouche ouverte, comme d'hab…

– L'air coquin, sans plus, c'et gai et pas pervers du tout !

– Si on veut, je tiens des grolles d'homme à la main, je fais une sorte de signe, de geste enfantin, style « coucou ! », c'est tarte. Mais regardez ce que les Français ont préféré : la scène de la robe qui s'envole sur la bouche de métro. Vous avez déjà pensé à tous ces symboles ? Moi les jambes écartées autour d'une bouche de métro ! Vous voyez le dégueulasse de l'image ? Et je me cramponne la jupe à deux mains, des mains invisibles dans les froufrous, des mains qui se rejoignent sur ma chatte, qui me la tripotent, ou la musellent, peut-être ? Et mon expression, je jouis, non ? Toute seule, avec cette silhouette de type loin derrière qui se retourne à peine… Comment font-ils pour savoir que les hommes me font cet effet-là, que je ne les supporte que loin et me zieutant presque à la dérobée ? Que je me baise bien mieux toute seule en pensant à leurs regards plutôt qu'à leur sale queue apoplectique, hein ? Comment font-ils ?

– Et la troisième ? Montrez-moi la troisième !

– Les Ritals, toujours les mêmes ! *Traduttore, traditore* ! *Quando la moglie é in vacanza* – Pendant que ta femme est en vacances ! – Vous voyez le genre ? Je suis à poil, là, carrément à poil, planquée juste ce qu'il faut par une serviette, et cette tête ! Tellement moche ! Mais le pire, c'est qu'on me reconnaît. C'est MA laideur, ma grimace écœurée, celle d'après la pipe, celle qu'ils ne voient jamais, d'ailleurs, sur l'affiche, ce nabot à grosse tête qui a l'air de bien s'amuser, de se foutre de moi, de se dire « Je l'ai eue ! », il ne peut pas la voir, ma grimace, et moi qui me tords dans une position, non mais dites quelque chose sur cette position, c'est une envie que je retiens, ou quoi ? Ou plutôt les fesses que je tends à leurs saloperies. Qu'on me prenne par là aussi, qu'on m'enfile, et vite ! Parce que c'est ça, vous savez, la vie d'une actrice, on la baise, on la fout, on l'encule, et elle doit dire : « Merci, je suis bien contente, ça me fait tellement plaisir de vous faire plaisir ! » Je vous le demande : je suis pas ignoble sur ce dessin ? L'air d'attendre ma dose, de consentir à tout ce qui est tordu, comme mon corps, et regardez mon doigt, le petit détail dégueulasse de mon doigt tendu, qui indique la direction, et qui réclame la raideur de l'abordage !

– Les Italiens sont joyeux et fantaisistes. J'ai étudié leurs affiches de *Some Like It Hot*, vous y apparaissez très appétissante, mais sans cette vulgarité que vous voyez partout.

– Toujours avec ma bouche ouverte !

– Oui, mais vos yeux sont différents. Plus question de paupières mi-closes, de regard consentant, subjugué ou je ne sais quoi. Un clin d'œil franchement malicieux sur celle-ci, et les yeux grands ouverts sur celle-là, comme si vous voyiez un arbre de Noël !

– Un arbre de Noël ! Je n'ai rien d'une gamine là-dessus ! Un cul de jument, bien cambré et offert, un sein comme un casque à pointe sous la robe moulante ! C'est pas un habit cette robe, c'est une nudité déguisée ! Du noir, bien sûr ! Faut que ça excite, que ça fasse bander ! Et l'autre, j'y suis en guêpière ! Alors le sapin de Noël, vous saisissez avec quelles boules et quelles guirlandes il est décoré !

– Oui, mais vous posez avec des hommes travestis en femmes ! Des hommes castrés !

– C'est l'argument du film ! N'y voyez pas un message !

– Ce choix de la scène m'interpelle. On pouvait ne montrer que vos visages comme sur nombre d'affiches.

– C'était moins parlant.

– Oui, vous avez raison, celles-ci sont parlantes. Elles disent peut-être : « Voyez comme cette fille rend les hommes inoffensifs en les privant de leurs moyens ! De leur sexe ! »

– Vous vous foutez de moi ? Moi ! Les priver de leur sexe ! Quand ils n'ont rien de plus pressé, tous, que de me coller leur queue dans le ventre !

– Et après ?

– Après ?

– Après, ils en font quoi ?

– Mais… Rien ! Il n'y a plus rien à en tirer ! Des couilles molles, vides, et leurs propriétaires pas brillants, qui ne savent plus quoi dire ni quoi faire.

– C'est ce que dis : vous les castrez ! Cessez d'avoir peur d'eux, dont vous faites si vite le tour. D'avoir peur de l'image qu'ils semblent vous attribuer. Ils sont si fragiles eux-mêmes, leur façon de vouloir vous posséder est une forme de panique suicidaire.

Il y eut un long silence. Finalement, elle dit, presque méchamment :

– Et quand je baise avec des femmes, vous voyez ça comment ?

*

* *

Ils en étaient encore à ces affiches. Le psy avait préparé son coup et sélectionné la version italienne et la version allemande de *The Prince And The Showgirl*. Elle riait tristement de la première.

– Oui, c'est vrai, tout d'une princesse de conte de fées ! Si on excepte le décolleté…

– J'ai eu des livres de contes de fées étant petit, Cendrillon y était décolletée. La Belle au bois dormant aussi.

– Je ne vois pas le rapport avec moi.

– Je pourrais vous dire qu'en cherchant bien… Mais restons concrets, nous avons cette image, où, ma foi, vous êtes radieuse, un visage très pur et votre regard « sapin de Noël ».

– Oui, éblouie parce que le prince va m'épingler. Vous voyez ma courbette ?

– Une révérence !

– Bref, je me plie, je m'incline, il va me coller cette décoration, cette croix, quelle connerie ! J'en ai honte, c'est tellement transparent !

– Alors vous préférez l'affiche allemande ?

Il venait de l'étaler sur le bureau et pour la première fois il quitta son siège, contourna la table pour venir se pencher sur la gravure du même côté que sa visiteuse. L'image était à mille lieues de la précédente, quoique représentant le même film. Laurence Olivier n'y figurait plus en tenue solennelle, veste à brandebourgs et gants blancs, mais en peignoir. Et pour elle, oubliés la robe longue de princesse, le mantelet pudique qui cachait ses épaules, elle portait une nuisette noire qui moulait ses seins et dont une bretelle tombait presque à son coude. Les deux personnages, de face à face qu'ils étaient sur l'affiche italienne, s'étaient terriblement rapprochés, lui se collait à son dos, enlaçait sa taille d'un bras de propriétaire, lui tenait la main fermement en arrière de son autre bras autoritaire, comme pour l'immobiliser, il appliquait une bouche fervente sur l'épaule qu'elle lui abandonnait avec une volupté chatouillée qui la privait de regard et dessinait sur ses lèvres un sourire extasié, ils étaient comme imbriqués l'un dans l'autre, courbés dans la même ivresse, le même oubli de la réalité, leur étreinte passionnée communiquait au spectateur un trouble et un bonheur ensemble, la scène était spécialement bien dessinée, spécialement ressemblante, et le docteur, à côté d'elle mais sans la toucher, dit :

– C'est l'affiche que je préfère, vous y éclatez de beauté !

Elle eut une réaction étrange, s'éloigna vivement de lui comme s'il venait de la brûler, entreprit une sorte de fuite à reculons qui la mena de l'autre côté de la table, à la place même qu'occupait le docteur quelques instants auparavant, et elle resta là, debout, très pâle, les dents serrées, à le toiser de ses yeux pleins de larmes, à mâcher sa colère de petits mouvements spasmodiques du menton. Et soudain ce fut l'explosion.

– Éclater ? Vous avez dit « éclater » ? J'y éclate de beauté ? ? ? Vous savez ce que c'est, éclater ? ÉCLATER !!! Regardez, mais regardez bien, vous ne voyez donc rien ? Vous ne voyez pas qu'il se colle contre elle, qu'il la ploie, l'oblige, la verrouille, il va la prendre, la prendre par-derrière, la dévaster, l'éclater, L'ÉCLATER ! Et vous, pauvre imbécile, vous êtes de leur race, de leur sale race, à venir vous frotter contre moi, ça vous fait triquer, pas vrai, cette femme qui ne peut que sourire, qui tend son cul, qui fait semblant, qui joue au bonheur, qui ouvre la bouche, ferme les yeux, allez-y, saccagez-moi ! Attention à mes cheveux, hein ? Après j'ai des reproches ! Mais là en bas, là où l'image s'est arrêtée, où la caméra ne va pas, vous croyez quoi ? Que je m'arrête aussi ? Que je n'ai pas de jambes, pas de sexe, pas de cul, parce que l'affiche ne les montre pas ? Non, vous ne le croyez pas ! Vous savez ce qu'il y a sous l'image, sous ma jupe, entre mes jambes, cette fente saignante qui vous attire, cette blessure où vous voulez jouer, ces trous que vous voulez enfoncer, et quand ils se refusent, trop serrés, trop malades de trouille, vous crachez dessus et dedans, salauds que vous êtes, je vous déteste, je vous hais, vous, vos bouches dégueulasses qui graissent la serrure sans l'embrasser, vos queues arrogantes, tellement moches, les petites, les grosses, qui ne me font pas jouir, je me ramone bien mieux avec mes godes, je m'écarte devant la glace, je me distends la chatte à l'infini, je me regarde là-dedans, rose et tout de suite rouge d'impatience, tout de suite excitée, le con avide qui palpite, je meurs d'envie de lui donner à bouffer, à téter, je lui mets le truc au bord, et je tourne, un peu, doucement, ma main tremble de se retenir,si je m'écoutais, je serais gloutonne, je collerais l'engin au fond et en deux coups je me ferais venir, mais je résiste, moi, pas comme vous, les précoces, les ploucs, les goujats, qui battez le beurre à toute vitesse parce que votre bite une fois enfournée perd la boule ! Vous voulez la voir ma chatte grande ouverte ? Vous voulez voir ce que je me fais comme bien et que je n'ai pas besoin qu'on m'embrasse l'épaule, qu'on me tienne la taille, qu'on me colle les reins, qu'on me flatte et me presse et m'étouffe pour mieux m'enculer ???

Elle frissonnait violemment, secouée de spasmes, ses mains fébriles volaient sur son corps de sa poitrine à son ventre comme si une douleur fulgurante la parcourait, et elles finirent par s'accrocher à sa ceinture, nerveuses, survoltées, elles tiraient sur la boutonnière à l'arracher, menaient un combat affreux où l'étoffe semblait s'obstiner à résister, son égarement la rendait maladroite, inefficace et folle de rage. Le docteur cria, les paumes en avant :

– Qu'est-ce que vous faites ? Arrêtez ! Arrêtez tout de suite ! Arrêtez-vous, vous êtes laide comme ça !

Elle eut une grimace horrible et pathétique, haine et dégoût mêlés, la folie de la provocation acheva de l'exaspérer, le bouton sauta, le tissu chuinta dans la déchirure, elle se libéra du jean avec une brutalité, une vitesse imparables, fut tout de suite nue à partir de la taille, piaffant contre le bureau où s'éparpillèrent sous son assaut des feuilles et des carnets, un stylo roula à terre, bêtement le psy se pencha pour le ramasser, quand il releva la tête, elle était juchée comme une gargouille sur la table, accroupie face à lui, cuisses largement ouvertes, méconnaissable, le visage tordu d'une douleur, d'une nausée, d'une colère effrayantes.

– Dites que ça ne vous fait pas bander, dites-le ! hurla-t-elle. Dites-le que ma laideur vous empêche de voir ma chatte, que vous n'avez pas envie d'y fourrer votre putain de queue, je la vois, je la vois dans votre froc, elle est raide, elle bave, elle bout, allez-y ! Qu'est-ce que vous attendez, puisque je suis d'accord, hein ? Regardez ! Regardez !

Elle s'ouvrait la fente à deux doigts, des doigts écartés en V comme pour le signe de la victoire, et le docteur ne faisait même pas mine de détourner le regard, il souriait tristement, navré, hochait la tête avec commisération, il murmura enfin :

– Qu'est-ce que vous avez pris ce matin, vous avez bu ? Des cachets ? Fumé ?

– Arrête ton cirque de putain de toubib tordu ! T'as pas de couilles ou quoi ? T'en veux pas, de ma connasse, tu préfèrerais mon cul, tu attends que je me tourne ? Je peux si tu veux, je peux me mettre à quatre pattes sur ton bureau, la rondelle à la hauteur de tes lunettes, et tu me lorgneras, et là ! Là ! Je le sais, ce sera plus fort que toi, tu vas te dégrafer, mon salaud, tu vas la sortir ta pine de faux-cul, tu vas faire comme les autres, tu vas me tringler, en m'attrapant les seins, en me déchirant les boyaux, et je gueulerai, et tu croiras m'envoyer en l'air alors que j'aurai envie de dégueuler et de chier, et tu ne t'en rendras même pas compte, salopard de queutard que tu es !!!...

Elle dansait d'un pied sur l'autre, accroupie, hideuse, les genoux béants, une main sur le bureau, qui cherchait l'équilibre, l'autre travaillant entre ses cuisses à une démonstration insoutenable, elle se saccageait à présent, creusait son ornière, y naviguait avec une frénésie hystérique, crachait ses invectives dans un flot de postillons, le venin lui jaillissait de la bouche en salves, atteignait le psy au visage, et il ne s'essuyait pas, uniquement préoccupé de ne pas la perdre du regard, et de garder son calme.

– Je sais ! Je sais que tu bandes ! hurla-telle encore. C'est IMPOSSIBLE autrement !!!

Il avait toujours son air triste. Il se leva.

– Mais non ! dit-il simplement. Il ouvrit son pantalon, laissa tomber son linge, remonta un peu sa chemise pour se trouver, face à elle, totalement exposé dans son innocence. Vous voyez ?

*
* *

Elle pleurait, répandue sur le bureau, la tête dans ses bras comme une enfant, le vilain foulard qui retenait ses cheveux avait glissé, des mèches s'échappaient de là-dessous en bataille, ses épaules soubresautaient dans les hoquets des sanglots, et elle répétait sans fin : « Pourquoi ? Mais pourquoi ? Pourquoi ?... »

Le docteur n'avait pas quitté cette rive de la table ordinairement destinée à ses malades, et elle, spontanément, s'était laissé glisser dans le fauteuil de cuir qui lui faisait face, puis son front trop lourd, accablé, avait trouvé le sous-main devant elle, elle y roulait son désespoir, et ses plaintes émanaient étouffées par la prison de ses bras pliés. Il avança une main prudente, la posa très légèrement sur le coude de sa patiente :

– Vous voudriez savoir pourquoi vous êtes si triste ? demanda-t-il doucement.

Elle fit non de la tête, toujours convulsée de chagrin.

– Pourquoi vous avez besoin de boire, de prendre des drogues qui vous détruisent ?

Elle secoua encore négativement la tête.

– Pourquoi vous n'aimez personne ? Pourquoi vous ne

vous aimez pas ? Pourquoi votre succès vous pèse et ne vous réjouit plus jamais ? Pourquoi vous faites en sorte de ruiner votre carrière ? Votre santé ? Votre image ? ? ? Pourquoi votre enfance vous revient souvent par bouffées mélancoliques ? Pourquoi vous avez déjà plusieurs fois divorcé ? Pourquoi vous n'avez pas d'enfant ? Pourquoi vous m'avez parlé si souvent de sexe alors que vous jouissez si peu ? Pourquoi vous en voulez tant aux hommes alors que votre mère vous a manqué si fort ? Pourquoi vous ne pouvez pas évoquer vos relations particulières avec les femmes ? Pourquoi vous avez tiqué quand j'ai évoqué votre ressemblance sur une affiche avec Marlène Dietrich ?

Elle avait fini par se calmer, ne sursautait plus que de loin en loin, reniflait abondamment, le visage toujours invisible, mais il savait qu'elle l'écoutait, et il s'attendait d'une seconde à l'autre à une révolte explosive, ordurière mais salutaire, la réaction nécessaire à l'électrochoc qu'il était en train de tenter. Il marqua un silence, très long, et, sans relever la tête, elle parla enfin, sur un ton d'extrême lassitude et d'une voix enrhumée par les larmes.

– Je sais tout ça, je connais toutes les réponses, je n'ai pas d'enfant parce que je ne voudrais pas faire de mal, refaire le même mal qu'on m'a fait, et je ne saurais pas, de toute façon, m'en sortir avec un gosse, et on m'avait dit que je ne devais pas m'y amuser, que ça foutrait tout en l'air, mon ventre, mes seins et ma carrière, et je ne pourrais plus, maintenant, j'ai avorté, j'ai tout bousillé là-dedans, et les femmes… oui, les femmes, je les dévore, je plonge mon nez, ma bouche dans leur chatte si douce, je voudrais m'y enfouir toute, leur odeur, leur douceur, rien qui agresse, qui blesse, qui menace, que du lisse, du soyeux, elles me caressent aussi, mais elles prennent peur quand j'en veux trop, quand je perds les pédales, il n'y a qu'avec elles que je me lâche, fais ci et ça, je suis moi, et elles, elles s'étonnent d'abord, s'amusent et puis s'enfuient, Marlène, Liz et les autres. J'incarne le Mal, la débauche. Tandis qu'avec les hommes, on peut faire la putain, c'est si naturel… Mais eux, ils ne m'inspirent pas, pas du tout, ils ne m'excitent jamais, ou alors faut que j'aie bu, beaucoup, et fumé, c'est aussi pour ça, la drogue, l'alcool, pour supporter cet aspect-là de mon job…

– De votre job ?

Son visage émergea d'entre ses bras, pauvre petit visage rougi, bouffi, aux yeux gonflés, aux commissures tombantes, tremblantes encore de la tentation des larmes.

– Je vous l'ai dit, déjà, que je fais un métier de pute ! Vous vous rappelez ?

– C'est ce qui vous chagrine le plus ? C'est ce qui a commencé à vous faire pleurer, tout à l'heure, ce qui vous a poussée à vous interroger ? Vous disiez : « Pourquoi ? Pourquoi ? » sans arrêt. Pourquoi quoi ?

– Pourquoi alors que je me suis offerte à vous, exhibée, bradée, pourquoi alors que j'ai eu des gestes et des mots aussi obscènes et provocants, alors que je vous ai montré le plus intime de moi, pourquoi vous n'avez pas bandé ?

– Le plus intime de vous n'est pas entre vos cuisses, Norma. Il est dans ce chagrin que vous manifestez, il est dans cet abandon. Je ne devrais pas vous le dire, et prenez la confidence uniquement pour ce qu'elle voudrait être, à savoir une aide thérapeutique : c'est maintenant que je bande.

Elle avait douté, elle avait demandé à voir. Aussi simplement que quelques minutes avant il lui avait prouvé qu'il demeurait serein face à la torride démonstration de sa malade, il venait de souscrire à son souhait et se trouvait debout, piteusement débraillé et cependant glorieux d'une virilité indubitablement séduite. Elle le considérait avec ce regard si particulier, incrédulité et émerveillement, qu'il avait nommé en analysant certaines affiches son regard « sapin de Noël ».

– Mon Dieu ! s'exclama-t-elle. Que va-t-on faire ?

– Mais, rien ! dit-il. Il n'y a absolument rien à faire !

Il se rajusta placidement, se tint de profil, un bras tendu vers la porte, s'effaçant ostensiblement pour signifier l'issue de la consultation :

– Nous nous revoyons un de ces jours, n'est-ce pas ?

*
* *

Lorsqu'elle revint, elle arborait une robe noire invraisemblablement moulante et décolletée jusqu'à la pointe des seins. Sa mise en plis était impeccable, soignée jusqu'à simuler à la perfection le naturel d'une chevelure bouclée envolée par la brise. Un maquillage extrêmement précis gonflait ses lèvres, en illuminait la pulpe, en dessinait le contour de beaux fruits tentants. Elle posa ses lunettes de soleil sur le bureau, comme elle aurait commencé à se déshabiller. Là derrière, ses yeux étaient soulignés de brun profond, ses cils épaissis d'un rimmel généreux, ses sourcils artistement arqués… Elle souriait avec obstination, sans crânerie ni provocation, sans effort apparent, simplement comme elle savait sourire sous les flashs des photographes et sous l'œil des caméras. Le psy ne s'y trompa guère, mais fit mine d'adhérer à cette fallacieuse image du bonheur qu'elle semblait vouloir donner.

– Vous avez l'air en forme, remarqua-t-il assez sobrement.

Un peu trop sobrement sans doute, sa visiteuse eut une moue gamine, une sorte de déconvenue affichée, du style « En forme ? C'est tout ce que vous trouvez à me dire ? » Il ajouta :

– Aujourd'hui, on change le protocole. On s'installe au fameux divan.

Elle venait de s'asseoir, selon son habitude sans qu'il l'en ait priée, et, ce faisant, avait laissé sa jupe remonter outrancièrement sur ses cuisses.

– Ah bon ? Elle avait encore sa moue de gosse, mi-boudeuse, mi-résignée, elle se releva en disjoignant les genoux, le docteur s'en voulut de n'avoir pu ignorer qu'elle ne portait pas de culotte.

Elle se dirigea au fond de la pièce vers le canapé, s'y allongea, non sans avoir au préalable envoyé valser ses mignons escarpins d'un double coup de pied désinvolte. Et puis elle se plaignit tout de suite :

– Mais vous allez rester là ? Derrière moi ? Ce n'est pas commode !

– Commode ? Pourquoi faudrait-il que ce soit commode ?

– Je ne vous vois pas ! Je ne peux pas parler à quelqu'un que je ne vois pas !

– Alors ne dites rien. C'est bien aussi.

– Quoi ? Le silence ? Je vous paye pour que vous écoutiez mon silence ?

– Jusqu'à présent, et encore à l'instant même, on ne peut pas dire que…

– C'est ça ! Jouez sur les mots ! Jouez avec moi ! À me faire croire que ce que je ne dis pas, ou que ce que je dis de plus banal, de plus anodin, c'est chargé de sens ! Fumisterie de votre boulot, ça ! Un boulot de pute aussi, comme le mien, quoi ! Et puis, vous ne me voyez pas non plus ! Juste de dos, d'en haut. Juste le sommet de mon crâne. Ça m'angoisse.

– Vous avez peur ?

– Peur ?

– Que je vous agresse ?

– Drôle d'idée ! Non, je suis tordue, mais pas à ce point. Non, mais je suis mal à l'aise.

– Expliquez !

– Eh bien, le sommet de mon crâne n'est pas ce que j'ai de mieux, en tout cas pas ce que j'ai de plus parlant !

– Qu'est-ce qui est le plus parlant alors chez vous ? Vos cuisses ouvertes sous une jupe follement minimaliste, vos pieds déchaussés, vos seins bondissants qui menacent l'évasion, votre bouche rouge, votre air de sucer un bonbon ?

– Parole ! Vous n'êtes pas aveugle, alors ! Pas de bois ! On peut espérer vous taper dans l'œil, vous chambouler ! C'est peut-être pour ça, aujourd'hui, le divan ! Pour résister à vos pulsions ?

– Ça vous choque ?

– Non, bien sûr !

– Rien ? Ni mes pulsions ni que je leur résiste ?

Il y eut un silence, il ne pouvait pas voir qu'elle fronçait les sourcils, s'appliquait à une honnête introspection, luttait pour la franche analyse de ses sentiments. Elle finit par parler, d'une voix comme hypnotisée, très lointaine, assourdie :

– Eh bien, je dois reconnaître qu'en fait oui, les deux me choquent. Mais votre résistance encore plus que vos pulsions.

– Que voudriez-vous ? Qu'est-ce qui ne vous choquerait pas ? Vous vous êtes préparée ce matin avec une idée derrière la tête, non ?

– Non, bredouilla-t-elle, non ! En fait j'ai… Je me suis forcée… Forcée à…

– À… ?

– À être moi, enfin, le moi qu'on connaît, qu'on attend, qu'on aime.

– Moi je n'attends rien !

– Voilà ! C'est ça ! cria-t-elle. C'est ça qui me manque ! Qu'on m'attende et qu'on m'aime, mais aussi, je voudrais aimer de retour, et me préparer, soigner ma tenue, ma coiffure, mes ongles pour quelqu'un que j'aimerais, que je voudrais, pourrais séduire, je voudrais savoir ce que ça fait d'être amoureuse, de faire l'amour avec amour, je voudrais…

Elle pleurait à présent, les doigts préoccupés de son rimmel en débâcle, les mains agitées autour de son visage, essuyant de revers ses joues trempées, ses narines qui coulaient. Soudain, le docteur fut là, à ses pieds, assis sur le bout du sofa ; il lui tendait des mouchoirs. Elle accepta le présent, se moucha bruyamment et se plaignit :

– Alors, il faut que j'en sois là, que je pleure comme une gosse pour que vous veniez à moi ? Pour que vous me regardiez en face ? Et peut-être que ça vous fait encore bander, ma tristesse, hein ?
– Oui, dit-il, et il se pencha vers elle, résigné à se perdre.

*
* *

Il regardait les deux dernières affiches qu'elle avait laissées là, dans son bureau, se réservant de les commenter plus tard. Elle en avait seulement expédié l'analyse d'un geste de la main qui en balayait l'intérêt, d'une formule lapidaire. Elle avait raison, ce n'était pas elle. Pas du tout. Elle n'avait pas eu le temps d'en parler en détail, mais il savait très bien ce qu'elle en aurait dit :
– Vous avez vu ? Comme souvent, je suis entre deux hommes ! Ma vie est là, dans les entre-deux. Entre deux vins, entre deux films, deux chansons, deux scandales, entre deux tristesses... Et cette bobine ! Les Allemands ne sont pas doués pour le dessin, la fille ne me ressemble pas du tout, malgré les inévitables détails des petites bretelles, à nœunœuds, les bretelles, c'est plus facile de les lâcher ! Elle ne me ressemble pas, une figure complètement différente, étrangère, même, et tellement appliquée à avoir l'air heureuse qu'elle en serre les dents. C'est la première fois que je me vois représentée comme ça, la bouche ouverte, ça oui, j'ai l'habitude, mais les dents serrées. Une rage, une envie de mordre qu'on ne peut pas montrer. Et sur l'affiche italienne, j'ai vingt kilos de trop. La bouille enflée, on dirait que j'ai les oreillons. Une face poupine de bébé cadum qui tourne de l'œil, et ce con qui m'embrasse sans voir le malaise, parce qu'il ferme les yeux, comme s'il me respirait, comme si j'étais un parfum enivrant, moi qui puais le malheur sur ce tournage ! Et cet autre qui nous regarde de loin, les mains à la braguette ! Comment on peut oser dessiner des trucs pareils ! Avec sa chemise déchirée

sur le bras et ces traces de griffure… Agressé par une tigresse, c'est aguicheur, non ? Racoleur ?

Il aurait écouté, aurait objecté que sur les images, ni Clark Gable ni Montgomery Clift n'étaient plus ressemblants qu'elle, mais elle n'aurait pas été convaincue, aurait trouvé une réponse étonnamment pertinente. Oui, elle l'avait étonné tant de fois, et à présent il était dans la sidération.

La scène du canapé lui revient de façon lancinante, l'obsède, le rend fou. Il est penché sur elle qui pleure, et elle trouve encore assez de lucidité pour demander :

– Qu'est-ce qui vous émeut, doc ? C'est la pauvre môme fragile qui chougne sur sa solitude ou la fille publique attifée pour plaire ?

– Vous réconciliez les deux, avait-il répondu avec sincérité.

Alors elle l'avait laissé faire.

L'enlacer, la serrer, l'étreindre, perdre le souffle dans ses cheveux, c'était tout ce qu'il pouvait se permettre, allongé sur elle qu'il était, les jambes encore pendantes mais le buste couché, alourdi de son propre désir, et les mains malhabiles à voyager partout où pourtant ses yeux piégés avaient posé les jalons d'une improbable conquête. Il ne la voyait plus, privé de regard par sa voluptueuse plongée dans les parfums, les soies, les rondeurs, les finesses de ce corps qui s'abandonnait, si chaud et souple sous le sien, si accessible, si impénétrable. Comment en savourer toutes les richesses, toutes les promesses, tous les dons sans reculer, se redresser, s'organiser, et alors de quoi aurait-il l'air, à reprendre ses esprits, à s'éloigner pour la déshabiller, se dégrafer, entreprendre une périlleuse découverte, une laide invasion ? Et puis elle le tenait par sa douceur folle, le merveilleux fondant de sa chair, cette odeur de fruit mûr, de liqueur suave, d'onguents sophistiqués. Il la respirait, la humait, l'inhalait à pleines narines, à pleins poumons, irrésolu à la lâcher, inexpert à trouver le tempo nécessaire, les gestes stratégiques, frustré et comblé à la fois, et l'étreinte eût pu s'arrêter là, suffire à ses sens enivrés, l'amener piteusement, glorieusement à l'extase, mais elle se plaignit d'une toute petite voix :

– Vous m'écrasez ! Et elle eut un joli rire, deux trilles charmantes pour accompagner sa parade, elle le repoussait à deux mains, des mains sans animosité, ni frayeur, ni scandale, des mains qui consentaient malgré leur défense, des mains qui savaient, qui prenaient la responsabilité du naufrage.

Il obéit, recula, se releva à peine pour lui permettre de respirer. Respirer… Elle remonta sa robe jusqu'à la taille. Pas de linge là-dessous, la seule blondeur de sa toison que la lumière de la lampe irisait de reflets cuivrés. Elle abaissa aussi sur ses épaules les bretelles du vêtement jusqu'à dénuder ses seins qui apparurent, splendides, ronds et lourds, un peu tremblants, doublement ponctués d'un bourgeon sensible, à peine mauve, qui tentait la gourmandise. Elle resta ainsi, les bras tendus, les paumes élargies, terriblement belle, souriante et magnifiée de son récent chagrin, elle s'offrait. Il posa une main légère sur une de ses chevilles, elle ne tressaillit pas, écarta les pieds, plia les genoux. Il honora l'invitation de doigts extasiés, sa fente mouillée l'accueillit avec une heureuse simplicité, il en caressa les berges de longues flâneries recueillies, l'ornière devenait profonde et de plus en plus juteuse, en bas le puits se creusait, appelait la conquête en battant fiévreusement, ses phalanges se laissèrent séduire, happer, presser d'un émouvant baiser, il la visitait avec ferveur, la découvrait, perméable, permissive, profonde… Elle souleva les reins, doucement, langoureusement, rythmiquement, un pied menu, joliment cambré s'envola, se posa sur la braguette où gonflait l'émoi de son nouvel amant. Il obtempéra avec une hâte brouillonne, ses doigts énervés firent crisser le tissu, enfin sa verge libérée se développa, fascinée, cabrée dans la passion de cet instant onirique, humide d'une sève affleurant, distillée goutte à goutte, troublante d'obscénité.

Déjà il installait leurs noces, se mettait à genoux au bord du sofa, la prenait fermement aux hanches pour l'amener à pivoter, à s'asseoir devant lui. Elle se laissa disposer docilement, se tint là, les cuisses ouvertes, le petit chiffon de sa robe noire roulé à sa taille, elle posa les mains sur les épaules de son conquérant, comme pour chercher un équilibre, ses seins s'émurent, oscillant de leur poids, et le docteur s'y rua, des lèvres et des narines, pour y enfouir sa convoitise. D'une main à son front, elle le repoussa. Son petit visage trahissait une expression ambiguë d'angoisse et de contrariété.

– Allez ! dit-elle. Et du regard, elle indiqua qu'elle songeait à l'assaut de la belle arme brandie entre ses genoux.

Le chevalier prosterné eut un geste naïf, une interrogation du menton, qui signifiait : « Maintenant ? Tout de suite ? Vous êtes sûre ? Vous êtes prête ? Je peux ? »

Elle redit, plus agacée qu'impatiente :

– Allez !

Il l'attrapa aux fesses pour la rapprocher encore, souleva délicatement les merveilleuses jambes qui l'accueillaient en les ceignant aux poplités de doigts en étriers, et se décida à l'éperonnage, sans brutalité. Mais au moment où la pointe de son estoc allait toucher son but, elle sursauta comme au sortir d'une absence, cessa de s'appuyer à ses épaules, se couvrit la bouche et les yeux de ses mains effarées et protesta :

– Non ! Non ! Arrêtez ! Je ne peux pas !

Et lui, ébahi, hagard, la lâchant, écartant des bras inoffensifs, se montrant dans toute la cruelle déception qu'elle lui infligeait, recula pourtant, chercha à juguler, à cacher et désamorcer l'arme dont soudain elle paraissait avoir si peur.

– Non ! cria-t-elle. Non, gardez votre désir ! Gardez-le ! C'est lui que je veux ! Qu'il me faut !

Il dansa d'un genou sur l'autre, très perturbé, les yeux fous, et soudain, ce fut la catastrophe, il explosa en jets incontrôlables, affreusement douloureux, qu'ils commentèrent ensemble de plaintes inarticulées différemment inspirées, frustration et regrets mêlés, honte amère, pour lui, déconvenue et véritable chagrin pour elle.

Après cette bataille sans gloire qui ne comptait que des vaincus, ils tentèrent de recouvrer un peu de dignité, mais tout était contre eux, elle cherchait en vain un escarpin roulé sous un placard, il avait du mal, dans sa hâte à se rendre présentable, à domestiquer les pans de sa chemise, et le pire fut ces larmes blanchâtres qui déshonoraient la robe noire soudain trop courte et sur l'ourlet de laquelle elle tirait avec obstination. Lorsqu'elle l'avait défroissée et rabattue sur ses cuisses, les traces du fiasco étaient apparues ici, là, plus haut, encore plus haut… Leur histoire avortée tenait tout entière là, écrite en pointillé.

– Je ne cesserai jamais de vous demander pardon, murmura-t-il en assistant, navré, aux efforts qu'elle faisait pour tenter de se nettoyer. J'ai de l'eau là, à côté, si vous voulez… Je suis horriblement confus. Mais vous étiez si consentante, vos mots, vos gestes, votre corps même ! Si mouillée !

Elle eut un soupir.

– Ne vous tracassez pas, c'est de ma faute, tout est de ma faute. J'ai une crème spéciale, un lubrifiant. J'en mets toujours, c'est de ma faute !

– Il n'y a pas eu faute, Norma. Juste…

– Juste quoi ? Une erreur, une bévue, une connerie ? Ça change quoi, d'employer des synonymes ?

– Un leurre, tout au plus. Une illusion. Partagée.

– Oui, une illusion pour vous. Vous aviez des excuses. Mais moi ! Je sais comment finissent les jeux que je commence ! Je pensais qu'avec vous…

– C'est ce que je dis, une illusion. Vous m'avez prêté un courage que je n'ai pas, une abnégation, quoi d'autre ? Un détachement, peut-être... Vous auriez voulu que je sois un surhomme, un homme à part, vous avez pensé, espéré que je le serais...

– Non, je voulais vous affoler, vraiment, vous séduire, constater sur vous les effets de mon pouvoir. Je vous détestais de me résister !

– Mais alors ?

– Alors, je vous aurais aussi détesté de succomber. J'ai essayé de sauver... l'estime que j'avais de vous, j'ai essayé d'enfin susciter la mienne.

– Essayé ? Vous avez échoué ?

– Je me trouve... C'est indicible. Il n'y a pas de mots. J'ai envie de crever.

– C'est clair, Norma : vous vous coincez dans des situations sans issue, sans issue que vous pourriez qualifier d'honorable. Vos jeux poussés à l'extrême, votre façon d'organiser la tentation, de souffrir si on y résiste et si on n'y résiste pas, c'est purement suicidaire !

– Oui, concéda-t-elle. Purement.

Il ne devait jamais la revoir. Lui restaient ces deux affiches du même film, *Les Désaxés*, où elle ne se ressemblait pas, qui ne se ressemblaient pas entre elles. Elle y souriait comme il l'avait vue sourire ce dernier jour avant sa mort, d'un faux sourire étudié, et pourtant si facile. Alors, pour peupler l'immense vide qu'elle avait laissé dans son univers de médecin, dans son cœur d'homme, il prit l'habitude de se repasser inlassablement les bandes de leurs entretiens qu'il avait systématiquement enregistrés.

Titres parus aux Éditions Blanche (sélection)

Dolorosa soror, de Florence Dugas.
Métamorphoses, de Françoise Rey.
Les Avatars de Monsieur Pierre, de Françoise Rey.
Sociologie du dragueur, d'Alain Soral.
Vers la féminisation ?, d'Alain Soral.
Abécédaires de la bêtise ambiante, d'Alain Soral.
Misères du désir & Chute, d'Alain Soral.
Comprendre l'empire, d'Alain Soral.
Extases de femmes, collectif.
Pulsions de femmes, collectif.
Jouissances de femmes, collectif.
Rêves de femmes, collectif.
Folies de femmes, collectif.
Transports de femmes, collectif.
Secrets de femmes, collectif.
L'Orage, de Régine Deforges.
Deux Filles et leur mère, de Gilles de Saint-Avit.
Dictionnaire des fantasmes et perversions.
Autoportrait en érection, de Guillaume Fabert.
Enjeux d'amour, de Yo et Gaël.
Le Mort, de Georges Bataille, illustrations de Gilles de Staal.
De l'aube à la nuit, de Valérie Boisgel, dessins de Loïc Dubigeon.
L'Attendrisseur, de Jacques Serguine.
La Première Gorgée de sperme, de Fellacia Dessert.
La Perle, anonyme anglais.
Confessions d'un pornographe romantique, de Maxim Jakubowski.
Le Divan, de Sophie Cadalen.
Diane, de John-Flaherty Cox.
La Vie amoureuse des fées, de Franck Spengler.
S.M., de Joël Hespey.
Le Lien, de Vanessa Duriès.
Mes hiérodules, d'Élizabeth Herrgott.
Scènes de péripatéticiennes, de Pierre Louÿs.
Des désirs et des hommes, de Françoise Simpère.
Ce qui trouble Lola, de Françoise Simpère.
La Bête, de Pierre Béarn.
La Nonne, du Comte d'Irancy.
Histoire d'I, de Gaëtane.
Soumise, de Salomé.
Le Dictionnaire érotique, de Richard Ramsay.
Banquette, placard, comptoir et autres lieux, de W. Saint-Hilaire.
Guide du sexe gay, d'Érik Rémès.
Kannibal, d'Érik Rémès.
Hilda, Anonyme.
Écrits érotiques, de Stendhal.
Brûlure, de Cléa Carmin.
La Laisse, de Jane Delynn.
Journal sentimental d'une femme infidèle, de Philippe Nollet.
Pattaya Beach, de Franck Poupart.

Le Pensionnat, de Jérôme Kob.
Éloge de l'adultère, de Maïna Lecherbonnier.
11 Nouvelles à lire seule les soirs de match de foot, d'Emmanuelle Poinger.
Le Bandeau, de Jean-François Mopin.
Je ne m'ennuie jamais toute seule…, de Lucie Lux.
Proposition perverse, de Guillaume Perrotte.
Frappe-moi, de Mélanie Muller.
Itinéraire d'une scandaleuse, de Clara Basteh.
Le Grand Livre de la photo érotique.
Le Grand Livre des photographes de nu.
Le Grand Livre de la nouvelle photo érotique.
Harry Peloteur et la braguette magique, de Nick Tammer.
Je parle anglais comme un(e) cochon(ne), de John Thomas.
Je parle espagnol comme un(e) cochon(ne), de Candido Ampalmado.
Je parle italien comme un(e) cochon(ne), de Béatrice Passera.
Je parle allemand comme un(e) cochon(ne), de Helmut Schniedel.
Je parle américain comme un(e) cochon(ne), de Peter Asslicker et Fanny Goodlay.
Je parle français comme un(e) cochon(ne), de Labarde et Richard.
Je fais des maths comme un(e) cochon(ne), de Gérard-Olivier Maitry.
L'Enfer vu du ciel, de Julia Channel.
69 conseils pour elle et lui, de Ploton et Foch.
1969-2009, années érotiques, de Franck Spengler et Frédéric Ploton.
L'Eau à la bouche, d'Anne Bert.
Le Joyau, de Jacques Montfer.
Le Top Kama Sutra Cosmopolitan
Le Kama Sutra, de Clara Morgane.
Mineure, de Yann Queffélec.
Moon, de Mallock & Guéritot.
Boob, de Mallock & Guéritot.
Bollywood in Love, de Deskmuth.
Gestes sensuels et postures érotiques, de Caroline et Joseph Messinger.
Comment vivre avec un énorme pénis, Dr R. Jacob et Révérend O. Thomas.
La Maghrébine, de Lounja Charif.
Au bonheur des femmes infidèles, de Sam Carroll.
Cahier de vacances érotique, collectif.
Cahier de vacances Clara Morgane, collectif.
La Caresse qu'il n'oubliera jamais, de Sonia Borg.
La Caresse qu'elle n'oubliera jamais, de Sonia Borg.
Où vas-tu Margot ? de Sève Maël.
Chaud et vivant, d'Andrea Luccella.
Hôtel de l'amour, de Christian Foch.
Anthologie littéraire de la fellation.
Anthologie littéraire de la jouissance.
Coffret Ange ou Démon, de Clara Morgane.
Coffret Massages amoureux, de Kavida Rei.
La Bourgeoise, de Gil Debrisac.
Le Manoir, d'Emma Cavalier.
L'Autre Dracula contre l'Ordre noir de la Golden Dawn, de Tony Mark.
Échanges virtuels, de Marie Godard.
Double jeu, de Clara Morgane.
La Fabuleuse histoire du clitoris, de Jean-Claude Picquard.
Les Secrets du plaisir, de Nicole Bailley.
Femmes secrètes, d'Ania Oz